POLIZIA

ANDREA VITALI

DOPO LUNGA
E PENOSA MALATTIA

Garzanti

Prima edizione: ottobre 2008

Visita www.InfiniteStorie.it
Il grande portale del romanzo

ISBN 978-88-11-68652-1

Printed in Italy

www.garzantilibri.it

Subito non mi riuscì di dire
è morto.
È andato invece,
voce del verbo andare,
verso dove, da chi

...stanca, con ferri di treno nel corpo
che baci e che dici
che ridi e che taci
e che accarezzi le mie mani incapaci...

Sarà di più, SULUTUMAN*a*

DOPO LUNGA E PENOSA MALATTIA

I personaggi e le situazioni raccontate in questo romanzo sono frutto di fantasia. I luoghi, invece, sono reali.

Quattro novembre

1.

Il telefono suonò poco prima della mezzanotte. Il dottor Carlo Lonati e sua moglie Elsa stavano dormendo. Aveva cominciato a soffiare un vento teso, freddo, piovigginava. Le drizze delle barche a vela ormeggiate nel molo tintinnavano. La donna dormiva sdraiata sul fianco sinistro. Ci vollero tre squilli prima che aprisse gli occhi. Scrutò il buio della stanza, i geometrici giochi della luce dei lampioni sul soffitto. Diede un colpetto di gomito al marito. Il dottore russava.

«Suona il telefono», disse.

Era per lui, non poteva essere altrimenti a quell'ora di notte.

Il dottor Lonati grugnì.

«Sento», rispose sbadigliando.

Il suono del telefono sembrava amplificato.

«Arrivo», mormorò l'uomo.

Poggiò i piedi sul pavimento freddo. Non aveva mai usato ciabatte. Si avviò. L'apparecchio era appeso al muro, all'altro capo del corridoio. Il Lonati lo percorse senza accendere la luce. Sollevò la cornetta, chiuse gli occhi. Il vento adesso fischiava facendo sbattere da qualche parte una persiana.

«Pronto», disse.

«Dottor Lonati?»

Era una voce femminile. Il dottore sbadigliò.

«Chi parla?» chiese.

«Sono Laura, dottore.» La voce tremava. «Laura Galimberti.»

«Cosa c'è?» chiese il Lonati. «Tuo padre sta male?»

«Molto.»

«Uno dei suoi attacchi di angina?»

«Sì», confermò la ragazza. «Ma forse è più grave. Non passa.»

Il dottor Lonati si stava togliendo la giacca del pigiama. La lasciò cadere a terra. Sua moglie accese la luce della camera da letto. Il fondo del corridoio si illuminò.

«Gli avete dato la trinitrina? Anche due, tre pastiglie sotto la lingua?»

«Tre pastiglie, ma il dolore non passa.»

«Vengo subito», disse il dottore. «Dammi il tempo di vestirmi.»

Riattaccò la cornetta, corse in camera.

Elsa era seduta nel letto.

«Chi sta male?» chiese.

«Luciano.»

«L'angina?»

«Se non è un infarto. Laura mi ha detto che continua ad avere dolore.»

La donna controllò che il marito si coprisse per bene.

«Fa freddo», disse.

Il Lonati aveva lo sguardo corrucciato. Il vento soffiava a ondate irregolari, forti e rumorose.

«Non correre», raccomandò Elsa al marito. Poi chiuse la porta, restò lì, ferma, ascoltando i passi di lui che scendeva le scale.

Fuori cadeva ancora una pioggia micronizzata. Il vento aveva quasi completamente spazzato il cielo. Il dottore non aveva preso con sé un ombrello ma non pensò di ritornare indietro. Tra la sua casa e quella del notaio Luciano Galimberti c'erano sì e no cinquecento metri. Il rumore delle drizze sbattute contro gli alberi delle barche lo accompagnò sino al ponte sul Pioverna. Il fiume s'era ingrossato per la pioggia dei giorni precedenti. Correva con un rumore di cascata, l'acqua scura, bianca di spuma. Attraversato il ponte il dottore giunse davanti al portone d'ingresso della casa del notaio. Si passò una mano sui capelli bagnati. La porta era già aperta, non dovette suonare il campanello.

2.

Dalla porta Elsa andò alla finestra della sala. Restò lì finché non vide la figura di suo marito scomparire oltre la curva della caserma dei carabinieri. Poi tirò le tende e andò in cucina. Si preparò un caffè. Di tornare a dormire non se la sentiva, non sarebbe riuscita. Era in pena per lui, una pena muta, che si obbligava a tenere per sé.

Anche Carlo era malato. Di cuore. La stessa malattia del notaio. Anche lui di tanto in tanto soffriva per degli attacchi. D'inverno soprattutto, col freddo. Oppure quando gli capitava di mangiare troppo. Come al notaio.

Nelle occasioni, rare ormai, in cui le due famiglie si scambiavano inviti a cena, i due uomini scherzavano su quell'ultima eredità comune: il notaio lo faceva con una certa ferocia, quasi volesse sfidare la malattia a farsi sotto, senza riguardi. Nelle parole di suo marito Elsa sentiva invece una nota di rimpianto. I due dicevano che non avrebbe potuto essere altrimenti, dopo che il destino li aveva fatti arrivare a Bellano quarant'anni prima, nello stesso periodo, giovani, freschi sposi, alle prime armi nelle rispettive professioni. Dopo che li aveva fatti incontrare quasi per caso ed erano diventati amici.

S'erano frequentati per vent'anni. Avevano condiviso gli stessi piaceri: cene, amici, cacce, gite. Nottambuli impenitenti entrambi, fumatori accaniti. Si erano goduti la vita. Il cuore di tutti e due a un certo punto aveva detto basta. Era cominciata la vecchiaia con le sue medicine.

Carlo Lonati s'era calmato. Il notaio non era riuscito, o non aveva voluto. Le loro strade s'erano divise. Ormai s'incontravano di rado. Parlavano di malattie.

A Elsa Lonati si inumidirono gli occhi.

«Sciocca», mormorò.

Ma all'idea del suo uomo malato la invase una tenerezza profonda. Ascoltò le raffiche del vento. Forti e tese. Era un linguaggio misterioso e cattivo. La minaccia di un disordine. Pianse. Poi si versò una seconda tazzina di caffè. Pregò che l'attacco del notaio non fosse così grave. Non poteva fare a meno di pensare che i destini dei due uomini fossero troppo simili. Non si mosse dalla cucina. Restò seduta al tavolo a guardare davanti a sé, dove suo marito si sedeva a pranzo e a cena. Percepiva uno spiffero di aria fredda. Col pensiero andò agli anni passati, alla gioventù, alla buona salute. Alle gite in motocicletta, ai figli mai avuti. Le vennero in mente certe fotografie in bianco e nero. Non poteva tornare a letto. Se ci fosse tornata, in quel letto per metà vuoto, non avrebbe resistito alla tentazione di rimettersi a piangere. Avrebbe finito con l'aprire l'armadio dei vestiti di suo marito per inspirarne l'odore. Se al suo ritorno Carlo le avesse visto gli occhi rossi ci sarebbe rimasto male. Non voleva che lei si preoccupasse per la sua malattia. Una raffica particolarmente violenta fece tremare la finestra della cucina.

3.

I Galimberti abitavano al terzo piano di un palazzo costruito ai primi del Novecento. Ogni appartamento aveva un ampio terrazzino con ringhiere in ferro battuto che dava sulla statale. La facciata era austera, grigia, adorna di una greca a motivi floreali. Lo scalone era ampio. L'aria, dentro, odorava di casa borghese, moquette, cera, legno pregiato.

L'eco dei passi del Lonati risuonò nella tromba delle scale. Giunto al secondo piano il dottore si dovette fermare per tirare il fiato. Appoggiò una mano al muro, inspirò a fondo. Si era dimenticato che anche lui soffriva di angina. D'istinto si infilò una mano nella tasca della giacca per cercare lo scatolino in cui teneva le pastiglie di trinitrina. Fu un gesto automatico, sapeva di non averle. Ritirò la mano, la strinse a pugno. Chiuse gli occhi, vide la scatola, sul piano della sua scrivania, in ambulatorio. Se Elsa avesse saputo che andava in giro senza quelle pastiglie l'avrebbe sgridato come un bambino. Continuava a respirare profondamente, cercava di riprendere un ritmo regolare. Le dimenticava spesso, quasi sempre. Forse per scaramanzia. Ma sua moglie sosteneva che fosse perché rifiutava l'idea di essere ammalato, di aver bisogno di medicinali. Aveva ragione, tra sé il Lonati riusciva ad ammetterlo.

L'affanno si placò. In caso di necessità, pensò il dottore, avrebbe utilizzato quelle di Luciano. Riprese a salire, giunse davanti alla porta. Laura lo stava aspettando in corridoio. Le stanze dell'appartamento erano tutte illuminate. La luce, intensa, generava un'impressione di festa. Il silenzio però metteva i brividi. Sul fondo di quel silenzio il Lonati percepì il rumore dell'acqua del fiume.

La figlia del notaio aveva il viso congesto, i capelli scomposti. Indossava una vestaglia che teneva stretta al collo. Il dottor Lonati intuì la verità.

«Allora?»

Laura scoppiò a piangere.

«È in camera», singhiozzò.

Sulla moquette del corridoio c'erano tracce di scarpe bagnate. Il dottore non si tolse l'impermeabile. Affrettò il passo, entrò in camera, guardò il letto dove era steso il notaio. Si rese conto immediatamente che era morto.

Marco, il secondo figlio di Luciano, stava ai piedi del letto, guardava suo padre. Il notaio aveva il viso terreo, le labbra cianotiche, gli occhi semiaperti. Sulla bocca era disegnata una specie di smorfia, sembrava un sorriso troncato a metà da un dolore. Aveva la barba di un giorno. Era nella posizione anatomica del cadavere, coi palmi delle mani rivolti in alto.

Il dottore si avvicinò al letto, si chinò sul morto, gli prese il polso. Non batteva più. Palpò le carotidi. Un odore di fritto lo colpì. Anche le carotidi erano morte. Annusò di nuovo l'aria, sempre odore di fritto, guardò il ragazzo, scosse la testa.

«È morto», mormorò.

«Lo so», rispose il giovane.

Il Lonati si fece il segno della croce. Si chinò di nuovo per dare un bacio sulla fronte del vecchio amico. Capì che l'odore di fritto veniva da lì, dal suo amico, dai suoi vestiti, dai suoi capelli.

«Tua madre dov'è?» chiese il Lonati. La voce gli tremava un po'.

«In sala», rispose Marco.

«Va' a chiamarla», ordinò, poi lo sentì arrivare. Un peso al cuore. Conosceva bene quella sensazione, quel pugno sullo sterno, la mano che stringeva, la fatica di respirare. La paura, anche, che il momento, l'ultimo, fosse giunto. Era senza pastiglie. Adocchiò la confezione del notaio, sul comodino. La prese, la strinse nella mano. Respirò a fondo. Il dolore cedette, il peso se ne stava andando. Forse era un falso allarme, forse era stata soltanto l'emozione.

Claudia Galimberti entrò nella stanza proprio in quel momento. Il Lonati si mise in tasca la scatola delle pastiglie.

«Claudia», disse sottovoce.

La donna era pallida, aveva gli occhi asciutti. Bella, elegante. L'aveva sempre guardata con un po' di soggezione.

«È stato tutto inutile», disse lei. Poi tacque.

Il Lonati non sapeva che dire.

«Quando Laura ti ha chiamato lui era già morto», aggiunse Claudia Galimberti.

Il dottore sospirò.

«A che ora ha cominciato a star male?» chiese.

Non gli era venuto in mente altro da dire.

«Un'ora fa. Sembrava uno dei soliti attacchi. Invece...»

Morto, ripeté fra sé il dottore.

«Non lo vedevo da quasi sei mesi», mormorò.

«Era tanto che non aveva attacchi», disse Claudia.

«Se n'è andato senza soffrire», disse il dottore. Non riusciva a dire *morto.*

Marco Galimberti guardava fisso il corpo di suo padre. Nella camera calò il silenzio. Nessuno aveva più niente da dire. Il rumore del fiume era un rimbombo. Dalla cucina si sentivano i singhiozzi di Laura. Claudia riprese a parlare.

«Vuoi un caffè?» chiese rivolta al dottore.

Il dottore assentì. Davanti a un morto gli offrivano sempre un caffè. Disse sì pur sapendo che la caffeina era veleno per i malati di cuore.

4.

Si accomodarono in sala. La stanza era fredda. Una piccola macchia di umidità nereggiava in un angolo del soffitto. Nell'aria c'erano due odori netti, il cuoio delle poltrone e la cera per i mobili. Una libreria a vetri occupava un'intera parete, sulle altre c'erano quadri, paesaggi di lago e montagna. Regnava un ordine perfetto, l'ordine delle stanze che non vengono usate da un pezzo.

«Sono entrato qui l'ultima volta più di un anno fa», disse il Lonati.

Per una cena, l'ultima, che le due famiglie s'erano scambiate. Loro quattro. I due figli del notaio non c'erano. Come al solito avevano scherzato sulla malattia e sulle medicine.

Claudia Galimberti si lasciò cadere su una poltrona. Accavallò le gambe, le aveva ancora belle, fasciate di nero. Si passò una mano sul viso. Rabbrividì.

«Fa freddo qui dentro», disse. «Tenete i termosifoni spenti?»

«Sì. Per le piante», spiegò la donna.

Un ficus, il dottore lo riconobbe. Non ricordava che ci fosse un anno prima.

«E quella cos'è?» chiese indicando un'altra pianta in un angolo, dietro una lampada a stelo.

«Un potos», rispose Claudia.

In quella stanza avrebbero allestito la camera mortuaria, pensò il dottore. E quella che gli stava davanti era ormai la vedova Galimberti. Se aspettava ancora non sarebbe più riuscito a fare la domanda che aveva in testa da un po'.

«Cos'ha mangiato questa sera Luciano?»

Claudia si riscosse, lo guardò corrugando appena la fronte, piegando un poco la testa di lato. Un atteggiamento tipico suo, le veniva quando era colta di sorpresa oppure quando riceveva qualche complimento. Si aggiustò la gonna sulle ginocchia, quindi guardò per qualche secondo il Lonati senza parlare.

«Come?» chiese.

Il dottore tossicchiò.

«Qual è stata la cena di Luciano questa sera?»

Sul viso di Claudia comparve un mezzo sorriso. La domanda doveva sembrarle sciocca, assurda addirittura.

«Ti sembra una domanda ridicola?»

Claudia scrollò le spalle.

«La solita dieta della sera, lo dovresti sapere, gliel'avevi prescritta tu. Una minestrina, prosciutto cotto... cose così. Perché me lo chiedi?»

«Sicura?» chiese il dottore.

La donna ebbe un breve gesto di nervosismo, si morse il labbro.

«Dovrei raccontarti bugie? Mentirti sulla cena di mio marito?»

«Ho sentito odore di fritto.»

«Fritto? Dove?»

«Prima, quando mi sono chinato su di lui. Dai capelli, dai vestiti...»

«Non può essere», disse Claudia.

Il Lonati tacque. Avrebbe voluto andare avanti ma Laura portò il caffè. Appoggiò il vassoio su un tavolino. Il profumo del caffè invase piacevolmente la stanza. Il dottore lo inspirò. Come aveva fatto prima con l'odore di fritto. Che non aveva sentito entrando in casa. Né Laura né Marco né Claudia l'avevano addosso. Ne era sicuro. Solo Luciano.

Provò l'impulso di tornare a fare domande ma si frenò. Bevve il caffè, amaro come gli piaceva. Una pendola in corridoio batté l'una.

«L'una», rimarcò Claudia.

«Posso fare qualcosa per te?» chiese il dottore.

«Ti ringrazio», rispose la donna. «Ormai...»

«Già», fece il Lonati.

Claudia si alzò.

«Ai certificati provvederò io, domani mattina.»

Claudia assentì con un cenno del capo. Il dottore non dava segno di volersene andare.

«Torna a casa», gli disse Claudia. «E riposati», aggiunse, «e salutami Elsa.»

Elsa, pensò il Lonati.

«Sarà in piedi ad aspettarmi», disse.

Poi, dopo qualche altro istante di indecisione: «Se hai bisogno di qualunque cosa fammi un colpo di telefono», disse. «Vado a salutare i ragazzi.»

Laura era in cucina, davanti a una tazzina vuota. Piangeva sommessamente. Salutò il dottore guardandolo negli occhi.

Marco era ancora nella camera da letto di suo padre. Strinse la mano al Lonati.

«Grazie», disse.

«Figurati», rispose lui.

Diede ancora un lungo sguardo al corpo dell'amico. Rifletté se era il caso o meno. Le parole gli uscirono di bocca come se non fossero sue.

«Sei tornato tardi questa sera?» chiese al ragazzo.

Marco non si stupì della domanda.

«Non sono nemmeno uscito», rispose il giovane. «Non esco quasi mai di casa la sera.»

Il dottore lo salutò.

Uscendo diede una nuova occhiata alle tracce di scarpe sulla moquette del corridoio. Stavano sbiadendo. Scarpe da uomo, era impossibile sbagliare.

In casa Galimberti c'erano due soli uomini, uno giaceva morto nel suo letto, l'altro non era uscito di casa.

5.

Il vento s'era rinforzato, non pioveva più. La luce dei lampioni dava alle cose un aspetto malato. Pozzanghere qua e là sull'asfalto, l'aria era fredda. Il dottore giunse in piazza, lì il vento soffiava con violenza. Anche il freddo poteva scatenare una crisi di cuore, pensò il Lonati, come una forte emozione o una cena difficile da digerire. Il lago era scuro, schiumava, dava un'impressione di cattiveria. In quel momento era una forza incontrollabile, selvaggia. Il cielo si stava pulendo. I profili delle montagne erano netti, come denti incisivi. Il Lonati ricordò il quadro di un pittore svizzero. Si chiamava Ritter: aveva ritratto una giovane morta, disegnandole i denti come profili di montagne. Quel dipinto l'aveva inquietato. Era un ritratto di morte senza speranza. Non c'era aldilà, solo disperazione, malinconia, dolore. Buio. Il pittore gli aveva raccontato che la giovane era una handicappata morta all'improvviso, le avevano fatto l'autopsia per stabilire la causa del decesso. Lui aveva chiesto di assistere ma non glielo avevano concesso.

Il pensiero dell'autopsia restò nella mente del dottore. Ne aveva chieste poche nella sua carriera, tre o quattro. Riprese il cammino verso casa. Vide la finestra della cucina di casa sua. Elsa vegliava. Stava in pena per lui. Sorrise.

Anche loro abitavano al terzo piano, un'altra cosa in comune col notaio. Salì le scale lentamente, più che altro per allontanare il momento in cui avrebbe dovuto affrontare la moglie, darle la notizia. Avrebbe voluto evitare di farlo ma non poteva, e fu brusco.

«Luciano è morto», annunciò in piedi nella cucina, mentre la donna era seduta, un gomito appoggiato al tavolo, una mano che le copriva metà del viso.

Elsa cominciò a piangere. Il dottore si aspettava una reazione del genere, un pianto dirotto, quello che stava scuotendo le spalle della donna: sapeva che Elsa piangeva anche per lui. Sapeva che era satura di pena, che nella morte del notaio vedeva la sua.

«Basta, Elsa», mormorò il dottore. Era l'una e mezza di notte, nella cucina c'era un'aria di stanchezza. Il Lonati si sentiva un estraneo in quella stanza a quell'ora. Elsa si era coperta il viso con entrambe le mani. Il marito le guardò le spalle che sussultavano, si sedette di fronte a lei. Cominciò ad avvertire di nuovo il peso, il pugno, la stretta al cuore. Tentò di allargare il respiro, senza riuscirci. Infilò una mano nella tasca del cappotto, strinse la scatoletta delle pastiglie che aveva preso in casa dei Galimberti. Non poteva, lì, davanti a sua moglie così disperata, infilarsene una in bocca. Si alzò senza dire niente, si tolse il cappotto, si avviò verso la camera da letto. Non accese la luce del corridoio. Nemmeno quella in camera. Si sdraiò, vestito. Tra le dita aveva la pastiglia, tonda, liscia. Ci giocherellò un po'. Poi la mise in bocca e la triturò coi denti. Un sapore dolciastro gli riempì la bocca. Un sapore strano, che gli ricordò il profumo della drogheria. Immobile, ascoltò il montare delle raffiche del vento che non conosceva soluzione di continuità: una dopo l'altra, disordinate, come se si dessero spintoni.

Aspettava il lieve mal di testa che lo coglieva sempre dopo aver usato quel farmaco. Nessun mal di testa, invece. Il peso sullo sterno era tale e quale. Emise un respiro che si interruppe a metà. Elsa si stava avvicinando, aveva messo la tazzina del caffè nel lavandino, ordinato le sedie attorno al tavolo, perfetta, adorabile padrona di casa. Il Lonati prese una seconda pastiglia. Quando la donna entrò in camera da letto accendendo la luce la frantumò sotto i denti. Poi si girò di lato, sua moglie non doveva accorgersi di niente.

«Sono stanco», disse.

«Non ti svesti?» chiese lei.

«Solo un momento.»

Di nuovo quel sapore dolciastro tornò a riempirgli la bocca, a ricordargli il profumo della drogheria, un sapore di carnevale, gioioso. Il peso non se ne andava.

«Povero Luciano», disse Elsa.

Il dottore si alzò, cominciò a svestirsi, lentamente. Elsa ne seguiva ogni gesto, non piangeva più.

«Spegni», disse lui.

Se mai morirò al buio, pensò con un mezzo sorriso sulle labbra, morirò al buio con gli occhi già pronti per l'aldilà.

Il peso era sempre lì. Il Lonati chiuse gli occhi. Lo colse quasi subito un sonno inquieto. Dopo un'ora, o forse solo dieci minuti, si accorse che la moglie aveva acceso l'abat-jour per controllare che respirasse nel sonno. Una lacrima gli cadde sulla fronte. Nel buio che calò di nuovo nella stanza, il dottore percepì i singhiozzi sommessi di sua moglie, le campane che suonavano le due, il rumore di una persiana sbattuta. In sottofondo il continuo ululato del vento, un ordine segreto di versi che faceva pensare a un cane senza padrone.

Poi si addormentò di nuovo.

6.

L'incaricato delle pompe funebri, uno magro che sembrava nato apposta per quel mestiere, si presentò in casa Galimberti alle sette della mattina. Aveva le scarpe bagnate, inzaccherò la moquette. Era silenzioso, compunto. Claudia Galimberti dormiva, nella stanza di Marco. Laura era nella propria. Il giovane invece era ancora ai piedi del letto dov'era steso suo padre, lo aveva vegliato tutta la notte.

L'uomo delle pompe funebri gli fece le condoglianze sottovoce, poi chiese il permesso di procedere. Impiegò un'ora a sistemare il corpo del notaio, sotto gli occhi di Marco, con gesti lievi, esperti. Lo pulì con acqua di colonia, lo sbarbò, lo vestì. Quando ebbe terminato chiese i certificati, l'avviso di morte. Marco svegliò sua madre.

«Bisogna telefonare a Carlo», disse Claudia. «Ha detto che ci avrebbe pensato lui.»

Poi aggiunse che sarebbe rimasta a letto ancora un po', aveva mal di testa.

Elsa Lonati s'era svegliata alle sette. Suo marito dormiva ancora. Quando Marco Galimberti telefonò attorno alle otto e trenta, il dottore s'era appena alzato. Aveva il viso sfatto, un'ombra giallognola sul fondo della pelle. Non sentiva più quel peso dietro lo sterno.

Fu Elsa a prendere la telefonata di Marco. Suo marito si stava sbarbando. Senza smettere, disse alla moglie che di lì a mezz'ora avrebbe provveduto ai certificati.

Bevve un caffè decaffeinato. Uscì di casa alle nove e un quarto.

La giornata era bella, fredda, soleggiata. Colorata. Il vento aveva fatto pulizia. Adesso soffiava appena. D'istinto il Lonati guardò i profili delle montagne, li confrontò con quelli della notte trascorsa. Erano morbidi, sinuosi, allegri. Non c'era più niente di cattivo, di malvagio. Ricordò l'idea dell'autopsia, si fermò un momento a riflettere. Ripensò all'odore di fritto, alle tracce di scarpe sulla moquette. L'autopsia sarebbe stata un'offesa insopportabile per la famiglia Galimberti.

E poi, si chiese, in base a quali elementi? Quali dubbi poteva avanzare per giustificare la richiesta dell'autopsia? Pensò al contenuto dello stomaco del notaio. Lo vide con la fantasia, minestrina e prosciutto cotto, secondo Claudia. E l'odore di fritto, di trattoria. Sorrise all'ipotesi di richiedere un'autopsia perché aveva sentito odore di fritto. L'idea era ridicola, grottesca, l'avrebbero preso per matto. La microbiologia post mortem stava già distruggendo ogni cosa, il corpo del suo amico aveva già cominciato a decomporsi. Cacciò quell'immagine. Si avviò alla volta del municipio. Salì le scale lentamente, entrò nell'ufficio dello stato civile, salutò, si fece dare i certificati, li compilò meccanicamente.

Alla domanda «Riscontro autoptico» barrò la casella del no.

Causa di morte.

Il dottore scrisse «infarto miocardio».

Gli tremavano le mani.

Uscì e si infilò subito in un bar. Bevve un caffè vero, di nascosto da Elsa.

La giornata continuava a essere magnifica, il vento stava ricominciando a montare.

7.

Alle dodici e trenta chiuse l'ambulatorio. Uscì. Aveva visto un'interminabile teoria di raffreddori, mal di gola, otiti, bronchiti. Mali di stagione. In parecchi gli avevano chiesto se anche lui non stesse bene, aveva una faccia tirata.

«Un po' di influenza», aveva risposto a tutti.

Il vento era di nuovo nel pieno della sua forza. La farmacia era già chiusa. Le contrade erano deserte. C'era un silenzio innaturale, una specie di pelle morta distesa sulle cose. Come se non ci fosse più ossigeno nell'aria. Come se la gente, anziché mangiare, si fosse ritirata in casa a pregare senza parole. A pregare, pensò il dottore.

Per l'anima di Luciano Galimberti.

Luciano Galimberti.

Il nome, in grassetto, lo colpì mentre svoltava l'angolo per uscire in piazza.

Luciano Galimberti, di anni sessantotto.

Un anno meno di lui.

Il manifesto funebre era sotto i suoi occhi. Era illuminato da una sfacciata luce di sole. L'inchiostro ancora fresco riluceva.

Il Lonati si fermò. Vicino c'era un bar, ne uscivano voci, finalmente. Rassicuranti. Qualcuno beveva in allegria.

Incredulo, il dottore rilesse più volte l'annuncio.

Dopo lunga e penosa malattia si è spento

LUCIANO GALIMBERTI (notaio)
di anni 68

Lo annunciano la moglie Claudia con i figli Laura e Marco.
Un ringraziamento particolare al dottor Carlo Lonati
per le assidue cure prestate.

Lo sguardo del Lonati si staccò dal manifesto, vagò per la contrada, lunga come un urlo, vuota, in ombra.

Dopo lunga e penosa malattia.

Luciano era morto in mezz'ora, un'ora al massimo. Aveva avuto una malattia breve, tutt'altro che penosa: la morte ideale, quella che tutti si augurano. Lui non gli aveva prestato nessuna *assidua cura.* Gli aveva dato solo alcuni banali consigli che l'amico non s'era mai curato di mettere in pratica. Nel corso degli ultimi mesi non l'aveva visto una sola volta.

Dal bar si levò un coro di risate, bocche aperte, denti che mordevano l'aria. Un cane senza padrone comparve all'imbocco della contrada. Si fermò un momento vicino al dottore, pisciò all'angolo del muro poi riprese la sua marcia senza meta.

Il Lonati si avviò verso il bar. Ordinò un cognac. Telefonò a Elsa dicendole che avrebbe tardato. Ripensò all'autopsia. Era ancora in tempo, poteva ancora richiederla. Il cognac gli bruciava la gola. Chiese dell'acqua. Uscì, si guardò intorno sentendosi fiacco, solo come il cane di poco prima.

8.

Elsa Lonati era rimasta qualche istante accanto al telefono dopo aver riattaccato. L'aveva guardato con malinconia. Poi lo sguardo le era scappato al corridoio lungo il quale si aprivano le stanze dell'appartamento. Era lucido di cera. Pensò ai passi che l'avevano calpestato. Nella sua casa era mancata l'allegria dei figli. Tuttavia non era stata una brutta vita. Anche se avesse potuto farlo, non avrebbe cambiato niente. A parte un figlio o due. Ma era andata così.

Suo marito non le aveva detto quanto avrebbe ritardato. Tornò in cucina. Sul fornello bolliva una pentola d'acqua. Si sedette. Incrociò le braccia. Era abituata ad aspettare.

Si mise a guardare dalla finestra che dava sulla montagna di fronte i silenziosi colori dell'autunno, ascoltando la musica dell'acqua che bolliva e il vento che ogni tanto si infilava in qualche fessura.

9.

Il portone di casa Galimberti era aperto per metà. Sull'altra metà spiccava un fiocco nero. Nella stessa posizione dove, anni prima, ne avevano attaccato uno rosa e poi uno azzurro. La commedia delle visite e delle condoglianze era già cominciata. Nell'atrio del palazzo c'erano foglie di ippocastano ammucchiate dal vento. L'atrio era quasi buio, il sole non aveva possibilità di entrarci. Buio e silenzioso, l'educato silenzio delle case signorili.

Fermo, il dottor Lonati guardò verso il terzo piano, verso l'appartamento del notaio. Pensò che stava nel ventre della sua casa. Pensò allo stomaco del suo amico, adesso. Pensò alla sua cena della sera precedente. All'odore di fritto. Alle impronte sulla moquette.

Si avviò, lentamente, memore del dolore che su quelle stesse scale l'aveva colto poche ore prima. Non aveva con sé le pastiglie, al solito. Quelle di Luciano le aveva nascoste nel cassetto del comodino, in camera da letto.

Un gradino alla volta, piano. Il cognac gli bruciava ancora in gola. Sulla lingua sentiva un sapore metallico, di ferro, come se avesse sangue in bocca.

Che la vecchiaia gli stesse alterando il gusto? Sorrise, pensando allo strano sapore dolciastro che gli avevano lasciato le due pastiglie della sera prima.

Un gradino alla volta, piano, giunse davanti all'appartamento del notaio Galimberti.

Quando aprì la porta un mormorio sommesso lo investì come una corrente di aria calda. L'appartamento era gremito. Nell'aria odore di caffè. A una prima occhiata il Lonati non vide nessuno della famiglia. Chiese di Claudia a uno sconosciuto. Era in camera da letto, gli rispose quello, dov'era stata composta la salma del notaio. La camera era stata addobbata con drappi viola. Il notaio era già nella bara. Quattro candelabri illuminavano il locale. Fiori. Due suore anziane stavano recitando preghiere muovendo appena le labbra, il notaio era stato presidente onorario del loro asilo. Claudia Galimberti indossava un abito nero. Marco era accanto alla madre, in giacca e cravatta, pallido come il morto. Il dottor Lonati stette un momento sulla soglia della stanza, indeciso se entrare o richiamare l'attenzione di Claudia. Fu lei a vederlo. Gli si avvicinò. Aveva un viso stanco, pallido ma bello. Non dimostrava i suoi cinquantasette anni. Era profumata.

«Come sta Elsa?» gli chiese.

«Bene, grazie», rispose il Lonati.

Fece due passi nel corridoio, si fermò. Cercando di non farsi sentire da nessuno, disse a Claudia che aveva bisogno di parlarle.

«So che non è il momento», aggiunse, «ma è abbastanza urgente. O almeno lo credo.»

Claudia era davanti a lui, corrugò la fronte.

«Cos'è successo?» chiese.

Il dottore sospirò.

«Dove possiamo parlare?»

«In sala», rispose la donna precedendolo, «vieni.»

Nella sala c'era lo stesso freddo della notte. Claudia sedette, il dottore restò in piedi. Non sapeva come affrontare l'argomento.

«Perché non ti accomodi?» chiese Claudia. «Cosa c'è?»

«Il manifesto», sbottò il Lonati.

«Quale manifesto?» chiese la donna.

«L'annuncio funebre», chiarì il dottore.

Claudia tacque, non capiva.

«Perché quel testo?»

La donna spalancò le braccia, scosse la testa.

«Non ti seguo, non...»

Il Lonati le recitò il testo dell'annuncio.

«Cosa significa?» chiese poi.

La donna lasciò correre un istante di silenzio.

«Non lo so», rispose. «Davvero.»

Era sincera, pensò il dottore.

«Chi se n'è occupato?» chiese.

Chi li aveva fatti fare, chi aveva dettato il testo?

«Credo che abbiano fatto tutto quelli delle pompe funebri», rispose Claudia.

Il campanile batté l'una. Il Lonati chiuse la porta della sala. Era deciso a rivelare alla donna tutti i piccoli dubbi che lo tormentavano da qualche ora, da quando era entrato, la notte precedente, in quella casa.

«Io...» cominciò a dire.

Cambiò idea. Avvertì che le parole che stava per dire sarebbero suonate grottesche. Incapaci di dare ai suoi dubbi il giusto peso. Claudia lo avrebbe deriso.

«Proverò a sentirli io», disse. «Tu non preoccuparti, ti farò sapere.»

Uscì da casa Galimberti senza salutare nessuno. Sulla scala incontrò altre persone, perlopiù sconosciute che salivano per le condoglianze. Sulla spinta del vento le foglie di ippocastano danzavano con un rumore secco nell'atrio del palazzo.

10.

Achille Crozzi, titolare dell'impresa di pompe funebri. Alla telefonata rispose la moglie, disse che lui non era in casa, che avrebbe fatto richiamare.

Il Lonati riappese la cornetta. Aveva chiamato dal Bar Roma, di fronte al condominio dei Galimberti. Guardò l'ora, l'una e mezza.

«Prende qualcosa dottore?» chiese il barista.

«Grazie, no.»

«Povero notaio, eh?» fece quello.

«Già.»

Fuori si fermò un momento, guardò verso il cielo. Nuvole correvano verso il basso lago. Una raffica di vento gli gonfiò l'impermeabile. Lungo la strada c'erano vortici di polvere. Entrato in casa notò che Elsa indossava ancora la vestaglia, segno che non era uscita. Non era ancora andata da Claudia.

«Non me la sono sentita questa mattina», disse la donna. «Le ho telefonato, ci andrò nel pomeriggio.»

Meglio così, pensò il dottore. Non aveva alcuna voglia di dare spiegazioni sul testo dell'annuncio. Non ne aveva. Decise di non parlare, non raccontarle niente, non prepararla alla sorpresa. Chiese, per abitudine, cosa c'era per pranzo. Non aveva fame. Elsa non aveva preparato niente. Aveva lasciato bollire l'acqua per la pasta fino a quando nella pentola non ce n'era quasi più, poi aveva spento il gas. Disse che, suonata l'una, aveva pensato che non sarebbe tornato a casa, era già capitato altre volte. Elsa parlava in falsetto, era ancora scossa.

«Non ho fame», disse lui.

«Devi mangiare qualcosa», ribatté lei. Gli propose una frittata. Lui non disse né sì né no.

«Ha chiamato qualcuno?» chiese.

Il Crozzi, magari.

«No», rispose Elsa. Si corresse subito.

«Cioè sì. Ma non so chi.»

Verso le undici, quando in casa l'unico rumore era quello del vento che faceva tremare i vetri. Lo squillo del telefono l'aveva fatta sobbalzare sulla sedia.

Ecco, adesso mi avvisano che mio marito è morto, aveva pensato Elsa. Il telefono continuava a squillare e lei non si decideva ad alzarsi per rispondere, non voleva sentirsi dire che suo marito era morto. Poi s'era alzata, aveva risposto.

«Hanno riattaccato», disse.

Forse erano stufi di aspettare.

Il Lonati andò in bagno. Quando sedette a tavola squillò il telefono.

«Vado io», disse Elsa.

«Lascia», disse lui.

La donna contò i passi lungo il corridoio.

Era il Crozzi. Il dottore abbassò la voce, non voleva che sua moglie sentisse. Gli chiese come funzionava con gli annunci funebri, chi li ordinava, chi decideva il testo.

Il Crozzi non aveva problemi di segretezza, urlava nella cornetta. Disse che in assenza di richieste particolari lui stesso ordinava al tipografo il manifesto: un testo convenzionale, uguale per tutti. Tranne il nome e l'età, aggiunse ridendo. Era un servizio compreso nella tariffa.

«Quindi nessuno le ha fatto richieste particolari?» chiese il dottore.

«No», rispose il Crozzi. «Non a me.»

«Però l'annuncio del notaio non è del tipo solito.»

«No, infatti», confermò il Crozzi. «L'ho visto anch'io questa mattina e devo dire che mi ha stupito non poco.»

«La ringrazio», disse il Lonati. Stava per riattaccare.

«Forse...» buttò lì il Crozzi.

«Sì?»

«Pensavo, forse conviene parlarne col tipografo.»

«Lo farò», chiuse il Lonati.

La frittata era fredda. Meglio così, pensò il dottore. Nemmeno Elsa aveva appetito. Una luce abbacinante aveva invaso la cucina, la luce del sole nei giorni di vento. Offensiva, fredda, arrogante. Il dottore si alzò, andò in sala, si accomodò sulla poltrona. Elsa lo seguì, chiuse le persiane, lasciò che suo marito si riposasse con un breve sonno. Alle tre lo svegliò.

11.

«I manifesti erano già pronti», disse il tipografo, un anziano scapolo solitario, che praticamente viveva nella sua tipografia. Entrando nel locale il dottor Lonati aveva avuto l'impressione di fare un salto indietro nel tempo. L'odore di inchiostro forse, o di carta. Sembrava che tutto fosse rivestito da una patina di antico. Anche lui, il tipografo, sembrava sbucato dal passato, col grembiale nero, liso ai gomiti, la testa di capelli bianchi arruffati, la minuziosa petulanza con cui volle mostrare al dottore tutte le fasi della lavorazione, spiegargli il tipo di accordo che aveva col Crozzi.

I manifesti quindi erano già pronti. Gli mostrò il foglio standard, già predisposto per ogni bisogno: bastava inserire i nomi del morto e dei parenti, la data, l'ora, il luogo del funerale. Era andata così anche per il notaio Galimberti.

«E invece?» chiese il Lonati.

«Invece, se da parte della famiglia ci sono particolari richieste...» si accinse a spiegare il tipografo.

Alcuni volevano la fotografia del morto, altri preferivano immagini sacre oppure...

«Questo lo so», interloquì il Lonati, «me l'ha detto il Crozzi. Intendevo dire, per il manifesto del notaio cos'è successo?»

Era successo che quando aveva ormai finito di stampare gli annunci funebri aveva ricevuto una telefonata.

«Una telefonata?»
«Sì.»
«Lei prende ordini anche per telefono?»
Il tipografo allargò le braccia.
«Mi sembra che non ci sia niente di strano. Soprattutto quando si conosce chi chiama.»
«Le ha detto chi era?»
«Certo. Era Laura Galimberti, la figlia del defunto.»
«Ne è sicuro?» chiese il dottore.
Sul viso del tipografo calò una smorfia.
«Non avevo... non ho ragioni per metterlo in dubbio...», rispose, «io...»
«E poi?» lo interruppe il Lonati.
E poi aveva preso l'ordine per telefono. Se l'era scritto su un foglietto per non dimenticare niente, visto che la donna continuava a raccomandarsi: «Dopo lunga e penosa malattia» e poi quella frase di ringraziamento per il dottore.
«Ha fatto proprio il suo nome, dottor Carlo Lonati», specificò il tipografo.
«E non le ha detto altro?»
«No.»
Lui piuttosto le aveva fatto presente che i manifesti funebri erano già stati stampati e che quel nuovo ordine lo avrebbe costretto a rifare tutto da capo. Che, anche, quel genere di lavoro non era contemplato nell'accordo che lui aveva col Crozzi e sarebbe stata una spesa a parte. Ma la ragazza aveva risposto che non si doveva preoccupare, s'era raccomandata un'ultima volta e aveva riattaccato.
Fuori dalla tipografia la luce era ancora vivida. Il dottore si avviò alla volta dell'ambulatorio. Sul porfido della contrada i suoi passi echeggiavano seccamente. In sala d'attesa il mormorio era fitto, il suo ingresso lo smorzò. Si sedette alla scrivania, erano quasi le quattro, chiamò il primo paziente.

12.

L'ultimo, zoppicando, uscì dall'ambulatorio alle sette di sera. Era buio. Era buio anche nell'ambulatorio. Il Lonati aveva già spento la grossa luce centrale, si era messo l'impermeabile, stava per spegnere la lampada della scrivania. Il telefono squillò. Un suono che al dottore provocò la fantasia di un serpente. Un suono affilato, penetrante. Lo percepì come un dolore. Il peso allo sterno arrivò. Sedette. Una mano invisibile gli stava stringendo il torace. Respirò a fondo. A ogni respiro uno squillo. Elsa, probabilmente. Lasciò squillare. Non voleva che sua moglie lo sentisse così affannato, sofferente. Non rispondere però era peggio.

Respira, si disse.

Sollevò la cornetta. Fu una fatica. Il peso aumentava, cominciò ad accompagnarsi a un dolore che lo prese all'altezza della spalla sinistra e tentò di allungarsi verso la base del collo. La mano lo voleva strozzare.

«Pronto», disse il Lonati.

Chissà se riusciva ad apparire tranquillo, normale. Il dolore si irradiò alla mandibola.

«Pronto», ripeté.

Non ottenne risposta. Gli sembrò che qualcuno respirasse all'altro capo del filo. Forse era il suo stesso respiro. Guardò la parete di fronte, dove la luce di un lampione disegnava un triangolo perfetto.

«Chi parla?» chiese.

Stava sudando. Il dolore raggiunse il gomito sinistro. Appoggiò la cornetta alla scrivania. Con la destra, mentre il serpente si stava avvinghiando su tutto l'arto sinistro, aprì un cassetto della scrivania. Sentì un rumore, un clic, avvicinò l'orecchio alla cornetta senza prenderla in mano, capì che avevano riattaccato. Il dolore si fermò un momento. Frugò nel cassetto finché trovò la confezione delle sue pastiglie. Tenue, nel buio dell'ambulatorio, il segnale di occupato sembrava gemere, come il verso di una bestia. La perla con la trinitrina scrocchiò sotto i suoi denti. Il serpente cominciò a ritirarsi nella sua tana. Prima scomparve il dolore. Restava un po' di peso. Il segnale di occupato segnava il tempo della ritirata, batteva il ritmo della fine dell'attacco. Il Lonati riuscì a fare un respiro profondo, l'ossigeno arrivò fino in fondo, fino alla base dei suoi polmoni.

Non sentì alcun sapore dolciastro in bocca. Cominciò ad avvertire un lieve mal di testa. Come al solito, come sempre. Mezz'ora, poi sarebbe svanito.

Erano le sette e dieci.

Mise a posto la cornetta. Si asciugò il sudore. Spense la lampada della scrivania. Guardò la perfetta ombra triangolare davanti a sé.

Doveva andare a casa Galimberti, doveva chieder conto a Laura di quello che aveva fatto, e perché.

Fuori l'aria era fredda e aveva un sapore di ghiaccio.

13.

Il corridoio. Claudia Galimberti era lì, sembrava che lo stesse aspettando.

«Carlo!» esclamò invece, sorpresa.

Poi niente. Al dottore vennero meno le parole. C'era troppo silenzio. Guardò oltre la donna, verso la camera ardente. Possibile che avessero lasciato solo Luciano?

«Li ho visti», disse lei.

«I manifesti?»

«Sì», confermò Claudia.

Il dottore fece due passi, gli occhi alla moquette.

«Uno scherzo di cattivo gusto», disse la donna.

Il Lonati sollevò gli occhi verso di lei. La trovò splendida nel vestito nero che la fasciava, lo sguardo luminoso, forse lucido di pianto recente.

«Pensi?» chiese.

«Ho detto al tipografo di ricoprirli immediatamente con degli altri.»

«Hai fatto bene», concordò lui.

«Hai bisogno di qualcosa?» chiese Claudia.

«Non c'è Laura?»

Claudia lasciò passare qualche istante prima di rispondere. Poi scosse la testa. Né Laura né Marco. Non erano in casa. Non erano nemmeno in paese.

«Sono a Como», spiegò. «Da mio fratello.»

Li aveva voluti allontanare per qualche ora dalle condoglianze, dalle strette di mano, dai ricordi. Lontani da quell'atmosfera funerea, formale. Almeno loro, così giovani.

«Torneranno dopodomani, per il funerale.»

Il dottore tacque. Si aspettava che Claudia gli chiedesse perché Laura, cosa volesse da lei. Si avviò lungo il corridoio alla volta della camera ardente, un modo come un altro per prendere tempo, dare a Claudia la possibilità di fargli quella domanda.

A vegliare il morto erano rimaste due suore. Non erano più le stesse del mattino. C'erano anche due donne anziane che il Lonati conosceva solo di vista. Claudia non l'aveva seguito. Si era appoggiata alla parete del corridoio, le mani dietro la schiena, lo sguardo di sbieco su di lui. Il dottore ritornò sui suoi passi, si fermò davanti alla donna.

«È stata Laura», disse a bassa voce.

«Laura?»

Il Lonati la guardò negli occhi. Era uno sguardo difficile da sostenere, come la vista delle montagne la notte precedente.

«A fare cosa?»

La voce di Claudia lo tolse all'immagine delle montagne, ai denti, al rumore delle pastiglie che si rompevano, al serpente che ogni tanto si avvinghiava al suo braccio sinistro. Con fatica le raccontò la telefonata al Crozzi e la visita al tipografo.

«Ho verificato di persona», concluse.

«Mi sembra un'assurdità, Carlo», disse Claudia. «Perché avrebbe dovuto farlo, a che scopo?»

«Non so immaginarlo», ribatté lui.

«Volevi chiederglielo?»

«Sì», confermò il dottore.

Poi si pentì di aver parlato. Avrebbe voluto essere lui a fare quella domanda alla ragazza. Guardarla negli occhi mentre rispondeva.

Claudia cambiò discorso.

«È stata qui Elsa nel pomeriggio.»

«Lo immaginavo», disse il Lonati.

La donna gli mise una mano sulla spalla.

«Carlo...» disse.

«Dimmi.»

«Qualcosa non va?»

«Qualcosa...» mormorò il dottore.

Qualcosa... effettivamente qualcosa non andava.

«Vuoi dirmelo?»

Il Lonati scrollò le spalle, sbuffò.

«Mi sembra di percepire qualcosa di strano, non riesco a definire cosa sia, eppure...»

«Eppure?»

«Sono convinto che mi hai mentito», disse di botto il Lonati.

Claudia ritrasse la mano dalla sua spalla. Impallidì, irrigidendosi.

«Io? E quando l'avrei fatto?»

E su cosa, e perché?

La voce della donna era diventata roca, dura, tagliente. Il suo viso esprimeva rabbia. Era la peggior Claudia che il dottore ricordava, quella che negli anni ormai lontani rinfacciava a suo marito di trascurare la famiglia per darsi alla bella vita. Luciano in genere le rispondeva sorridendo.

«Ieri notte», rispose il dottore. «L'odore di fritto. Ti ricordi?»

Claudia sorrise.

«Ancora quella storia...»

«Può sembrarti un'idea stupida, ma non riesco a togliermela dalla testa.»

«Andiamo a sederci», disse Claudia.

Si avviò, entrò in cucina, sedettero l'uno di fronte all'altra.

«Così ti avrei mentito», riprese lei.

«Sì», confermò il Lonati.

Ne era certo, disse. Era certo che Luciano la sera precedente non aveva cenato in quella casa. Puzzava di fritto, di trattoria. E poi c'erano anche le impronte sulla moquette.

«Quali impronte?» chiese la donna.

Visto che ormai c'era, il Lonati decise di dirle tutto, anche delle impronte sulla moquette che aveva visto appena era entrato in casa.

«Marco non è uscito ieri sera, me l'ha detto lui», spiegò il dottore.

Quindi non aveva potuto lasciarle che Luciano, a meno che qualcun altro fosse entrato in casa.

«Se anche quello che dici fosse vero, cosa importa ormai?»

Al Lonati sembrò che Claudia avesse parlato senza muovere le labbra. Un sibilo da serpente, come quello che ogni tanto gli si avvinghiava al braccio, come quello che aveva ucciso Luciano. Fu allora che gli venne l'idea.

«Non lo so», rispose.

Pensava, intanto, se fosse giusto tenderle la trappola.

«Non lo so», ripeté a Claudia e a sé stesso. «Probabilmente non importa niente, cercavo solo di capire. Tu non hai niente da dirmi?»

Claudia attese prima di rispondere.

«Forse», disse poi. «Dopo il funerale.»

Il Lonati si alzò. Fece per muovere un passo. Si fermò. Contrasse il viso in una smorfia di dolore. Si portò una mano al petto. Respirò a fondo, rumorosamente.

Claudia scattò in piedi.

«Cos'hai?»

«Qui al petto...» rispose il Lonati schiacciandosi il torace con una mano.

«L'angina?» chiese Claudia.

Il dottore confermò con un cenno del capo.

«Dammi una delle pastiglie di Luciano, per favore...»

Claudia si portò una mano alla bocca.

«Le ho buttate», disse.
«Questa mattina», aggiunse. «Mi dispiace...»
Il Lonati tacque.
«Devo fare qualcosa?» chiese la donna.
Il dottore agitò una mano in aria.
«Niente», disse. «Non preoccuparti, non fa niente. Sembra che stia passando.»
Si avviò.
«Non preferisci fermarti ancora un po'?»
«Elsa sarà in pensiero», rispose lui meditabondo: la trappola aveva funzionato.

14.

Elsa stava preparando la cena quando suonò il telefono. Sperò che non fosse suo marito con la notizia di qualche altro ritardo. Aveva fatto uno strappo alla regola quella sera, le lasagne cuocevano in forno. Voleva vedere suo marito sorridere in quelle ore in cui sembrava averne persa la voglia. Voleva sentirgli dire «beato chi ti sposa», la frase che pronunciava tutte le volte che gli metteva sotto il naso quel piatto. Lasciò squillare il telefono tre, quattro volte e prima di avviarsi per rispondere controllò la teglia in forno.

«Pronto», disse in tono asciutto.

Chiunque fosse avrebbe fatto bene a essere rapido.

«Sono Laura, Laura Galimberti.»

«Laura!» disse Elsa. La severità del tono si mutò in tenerezza. «Come stai?»

Gli occhi di Elsa erano già umidi di commozione: Laura, che aveva tenuto in braccio centinaia di volte.

«Così», rispose Laura.

«Dimmi, tesoro.»

«Posso parlare col dottore?»

Elsa restò un momento interdetta. Suo marito l'aveva avvisata che prima di rientrare a casa sarebbe passato dai Galimberti.

Non era lì?

«Io non sono a casa», spiegò Laura.

Ah, ecco...

«Carlo adesso non c'è, non è ancora tornato, credo che arriverà tra poco...»

All'altro capo del filo Laura sospirò.

«Devo dirgli qualcosa?» chiese Elsa.

Laura Galimberti esitò.

«No, grazie», disse poi. «Se riesco richiamerò più tardi.»

Di lì a cinque minuti il dottor Lonati entrò in casa. Elsa gli si fece incontro con allegria. Il profumo delle lasagne era ovunque. Elsa notò che suo marito lo stava inalando. Ma l'espressione pensierosa, stanca del suo viso non si modificò.

«Ha telefonato qualcuno?» chiese lui.

Elsa non gli disse della telefonata di Laura. Prima la cena.

Prima i vivi, pensò mentre serviva a suo marito una porzione abbondante di quelle lasagne che, lo presentiva, sarebbero finite quasi per intero nella spazzatura. Dovette ricacciare le lacrime.

Il dottore sbocconcellò di malavoglia la sua cena.

«Scusami Elsa», sospirò. «Ma non ho un grande appetito.»

«Non fa niente», rispose lei cominciando a sparecchiare. Poi, cercando di assumere un tono sbadato, noncurante, glielo disse.

«Che oca, mi sono dimenticata di dirtelo, prima. Ha telefonato Laura.»

«Laura Galimberti?»

«Sì.»

«Quando, cosa voleva?»

Elsa si strinse nelle spalle.

«Niente.»

Perlomeno da lei.

«Ha detto che forse avrebbe richiamato.»

Il dottore tornò a chiudersi nel silenzio. Seduto, ascoltava i rumori della moglie che lavava i piatti.

«Mi metto per un po' in poltrona», disse poco dopo.

Elsa si interruppe. Tenendo le mani nell'acqua girò solo la testa verso di lui.

«Cosa sta succedendo Carlo?» chiese.

L'uomo era ancora seduto. La guardò.

«Non lo so», disse.

In salotto si sedette al buio.

15.

Il film era una commedia americana. Il dottore e sua moglie non avevano fatto commenti né sulla storia né sugli attori. Era poco oltre la metà quando il telefono squillò. Sullo schermo un'attrice stava telefonando.

«Sarà lei», scherzò Elsa.

«Laura», disse il dottore.

Si alzò di scatto. Elsa abbassò il volume del televisore. Ascoltò i passi del marito che raggiungeva di corsa l'apparecchio. L'attrice sullo schermo continuava a parlare al telefono, ridendo e agitandosi.

«Pronto», disse il dottore.

Non ci fu risposta.

L'attrice si accese una sigaretta, soffiò il fumo, la spense subito schiacciandola in un posacenere a lato del telefono.

«Chi parla?» chiese il Lonati. «Laura, sei tu?»

Nessuno rispondeva.

L'attrice stava guardando la cornetta come se si aspettasse che qualcosa o qualcuno facesse capolino da lì. Poi riprese a parlare.

Il dottore stava ascoltando il silenzio che gli giungeva da chissà dove attraverso i fili del telefono. Non era un silenzio perfetto. Ascoltò. C'era un rumore particolare, qualcosa che...

Premette il ricevitore contro l'orecchio mentre l'attrice continuava a parlare e giocherellava con un ricciolo che le pendeva sulla fronte.

Era il rumore provocato dai gettoni, i gettoni che scivolavano uno dopo l'altro.

Riappese, tornò in sala. Elsa aveva alzato appena appena il volume del televisore. L'attrice parlava e rideva. Poi, infine, riagganciò anche lei.

«Era Laura?» chiese Elsa.

Aveva perso il filo della storia, la lunga telefonata durante la quale aveva abbassato il volume doveva aver raccontato qualcosa di importante.

Non era Laura, pensò il Lonati.

Era qualcuno che non gli aveva parlato.

«No», rispose.

«E allora chi era?» insisté Elsa.

Chi era?, si chiese il dottore.

«Nessuno», rispose.

Ma era impossibile. Non era una risposta. Non c'era una risposta, per ora.

«Non è vero», disse Elsa.

Ormai il film stava scivolando verso la fine, una fine allegra, ridevano tutti, ballavano, si facevano complimenti.

«Qualcuno doveva essere», sospirò Elsa.

Il dottore guardò sua moglie. Aveva ragione. Qualcuno. Ebbe un brivido di freddo. Disse che aveva sonno, voleva dormire.

16.

Qualcuno doveva essere.

Elsa si addormentò quasi subito. Il Lonati finse di farlo. Voleva stare solo, ordinare i pensieri. Quando sentì il lieve russare di sua moglie riaprì gli occhi. Voleva pensare a occhi aperti. Si girò sulla schiena. Fissò il soffitto. Nemmeno la più piccola luce dalla strada lo scalfiva. Andava bene così. Niente poteva distrarlo. Il russare di sua moglie era dolce, musicale. Suggeriva un mattino d'estate. Forse perché il loro primo giorno da marito e moglie era stato in giugno. Al mattino lui s'era svegliato mentre lei dormiva ancora. Aveva aperto le persiane di quella stessa stanza su una mattina d'estate, l'aria piacevolmente calda, un promettente profumo di vita. Una vita che aveva abbandonato il notaio. Che avrebbe abbandonato anche lui, prima o poi. Il Lonati si chiese se la morte di Luciano non lo avesse suggestionato, non avesse evocato in lui la paura di morire. O se invece fosse successo davvero qualcosa che non riusciva ancora a capire.

I suoi sospetti erano ridicoli?

L'odore di fritto faceva ridere? Un uomo normale poteva precipitare nell'angoscia per un banale odore di trattoria?

Sorrise tra sé.

E le tracce sulla moquette, l'annuncio funebre, la scatola delle pastiglie?

E le bugie di Claudia Galimberti?

Elsa nel sonno sospirò.
«*Qualcuno doveva essere.*»
L'aveva detto con un tono di voce determinato. Aveva ragione. Qualcuno aveva fatto il numero di casa sua, aveva messo quattro o cinque gettoni nell'apparecchio per non parlare, per non dire niente.
Sua moglie riprese a russare. Il dottore allungò una mano verso il comodino, aprì il cassetto stando attento a non fare rumore. Frugò. Trovò la scatola delle pastiglie che aveva preso in casa di Luciano. La prese, la strinse, la sbatté per sentire il rumore dell'unica pastiglia rimasta.
Il campanile rintoccò le ore. Le cinque. Una macchina si fermò sotto casa sua. Sentì lo sbattere di una portiera, poi tre colpi di clacson, brevi, che si ripeterono dopo pochi minuti.
«Un segnale», pensò il dottore.
Un segnale per qualcuno, forse due che dovevano partire per la caccia. Di nuovo i tre colpi di clacson. Il dottor Lonati chiuse gli occhi, strinse la mano con la scatola delle pastiglie. Un'idea gli stava maturando in testa. Non c'era suggestione in ciò che stava cercando di capire. In quelle ore aveva raccolto segnali, segnali come quei tre colpi di clacson ripetuti. Sono qui, sono arrivato...
Un altro segnale era la telefonata muta di poche ore prima. Forse qualcuno voleva che lui capisse.
Qualcuno doveva essere. Non c'era alternativa. Probabilmente qualcuno che aveva paura. Che aveva paura anche di lui, forse.
«Qualcuno mi sta aiutando», mormorò il dottore.
Qualcuno.

17.

Poi si era addormentato.

Aveva sognato i morti che aveva conosciuto quando erano vivi. Tutti insieme, come se fossero un coro.

Ostruivano la contrada, davanti i più piccoli, dietro i più grandi.

Se li era trovati di fronte mentre camminava alla volta dell'ambulatorio. Cantavano, ma non uscivano parole dalle loro bocche.

Li aveva guardati in faccia uno per uno, li conosceva tutti. Cantavano qualcosa di allegro. Morti allegri.

Luciano non c'era.

La contrada era quella deserta delle prime ore del pomeriggio. Il cielo era azzurro e dalle bocche dei morti usciva un desolante silenzio. Lui s'era ingobbito e aveva capito che per quel giorno non sarebbe riuscito a raggiungere l'ambulatorio.

Infine l'odore del caffè gli era entrato nel naso.

Sei novembre

1.

Caffè vero, non il solito decaffeinato.
«Come mai?» chiese il dottore.
Erano circa le otto e trenta. Elsa era in piedi da più di un'ora.
«Così», disse lei.
Aveva già buttato le lasagne della sera. Il Lonati bevve golosamente il caffè.
«Mi aspetti?» chiese Elsa.
Il funerale era alle dieci.
«No», rispose lui.
Aveva qualcosa da fare prima del funerale.
«Ci vediamo là.»
«Farà freddo?» chiese Elsa.
Suo marito stava guardando dalla finestra della cucina.
«Il vento è calato», disse.
Il cielo era limpido, di un azzurro annacquato. Aprì la finestra, inspirò l'aria fredda, frizzante.
«È un bell'autunno», mormorò tra sé. Una splendida agonia. Di lì a un mese quei colori sarebbero stati foglie marce, alberi spogli. Freddo, neve, ghiaccio.
Alle nove e un quarto uscì di casa. Lungo la strada notò i nuovi manifesti che coprivano quelli del giorno precedente. Il tipografo stava fumando lentamente una sigaretta sulla soglia del suo laboratorio. Senza filtro, notò il dottore. Fu tentato di chiedergliene una.
«Posso esserle utile?» chiese il tipografo esalando fumo.

«Ricorda bene la telefonata?» chiese il Lonati.

«Quella della figlia del notaio?»

«Diciamo quella», rispose il dottore.

La sigaretta era finita, il tipografo buttò il mozzicone per terra.

«Come tante altre.»

«Non ricorda niente di particolare?»

«Particolare... in che senso?»

«Qualche rumore, qualcosa che l'abbia colpito.»

Il tipografo sollevò le spalle, le tenne così un istante poi le lasciò ricadere.

«Non capisco», disse.

Non poteva imboccargli la risposta, rifletté il Lonati. Tuttavia decise di giocare la sua ultima carta.

«Non le è sembrato che la telefonata giungesse da fuori distretto? Voglio dire, non ha avuto l'impressione che la stessero chiamando da un telefono a gettoni? Non ha sentito il rumore dei gettoni?»

Il tipografo corrugò la fronte.

«No», disse poi.

«Va bene», fece il dottore.

Fine della storia.

Invece:

«Però...» buttò lì il tipografo.

Adesso che lo faceva pensare...

«Adesso che mi ci fa pensare, mi viene in mente che le telefonate furono due.»

«Due?»

«Sì, cioè una, ma due. Mi spiego. La prima a un certo punto si interruppe bruscamente.»

«Come quando finiscono i gettoni», osservò il Lonati.

«Potrebbe essere», affermò il tipografo.

Poi la donna aveva richiamato dopo un paio di minuti. Non aveva ancora finito di dettare il testo.

«Il rumore dei gettoni però, no, non lo ricordo. Mi dispiace.»

Mancavano venti minuti alle dieci, Elsa doveva già essere a casa Galimberti.

2.

Gli tornò in mente il sogno. I morti allegri che cantavano senza fare rumore. Il corridoio di casa Galimberti come la contrada, occupato da parenti, amici, conoscenti. Le loro facce pallide e serie come quelle dei morti allegri. I vestiti scuri, l'odore di profumi femminili e dopobarba. Un mormorio sommesso come se di là ci fosse stato un bambino che dormiva nella sua culla e non un morto nella bara.

Il dottor Lonati non andò oltre la soglia. Gran parte dei visi che vedeva gli erano sconosciuti. Vide Laura però, in mezzo a un gruppo di ragazzi della sua età, probabilmente compagni di scuola. La ragazza gli fece un cenno con la mano, poi tornò a occuparsi dei suoi amici. Con lei, per un po', non sarebbe stato possibile parlare. In mezzo a quella folla il dottore si sentiva estraneo, quasi importuno. L'arrivo del Crozzi lo sollevò da quella sensazione.

Era l'unico a non indossare un abito di circostanza. Aveva anche un po' di barba. Portava una camicia scozzese sotto una giacca da lavoro. Per lui quello era solo lavoro, il notaio uno dei numerosi clienti. Era venuto il momento di chiudere la bara di Luciano. Il silenzio cadde di botto. Era il momento dell'ultimo sguardo, dell'ultimo saluto. Tanto il notaio non avrebbe risposto. Il Lonati lo salutò dentro di sé.

«Addio Luciano», disse.

Ciao, arrivederci.

Il Crozzi cominciò il suo lavoro. Il Lonati immaginò i gesti abili, consumati, esperti con i quali sigillava la cassa. Laura era sparita, probabilmente era di là anche lei, nella camera ardente. Il dottore uscì dall'appartamento, scese di sotto, all'aria. Anche fuori c'era gente che aspettava, una piccola folla, perlopiù di uomini. C'era un gruppo di bambini con un paio di suore in rappresentanza dell'asilo. C'era il gonfalone del municipio, anni prima Luciano Galimberti era stato consigliere comunale. Elsa non era ancora arrivata. Giunse il prete con quattro chierichetti. Salutò i presenti, si infilò nell'atrio e salì. Elsa si presentò subito dopo il sacerdote. Indossava la pelliccia. Al dottore scappò un mezzo sorriso. Aveva dovuto insistere lui, anni fa, e tanto, affinché se la comperasse. Elsa non voleva, temeva di passare per vanitosa.

«La moglie del dottore che esibisce la pelliccia!» ribatteva scherzando.

Infine gliel'aveva regalata lui, senza dirle niente, una sorpresa, così aveva dovuto tenersela.

«Contro il freddo non c'è niente di meglio», aveva ammesso poi.

La bara del notaio era portata a spalle da quattro parenti. Sbucando in strada molti di quelli che erano in casa si coprirono gli occhi. La luce era forte, aggrediva. Il corteo si compose dietro la bara. Claudia, gli occhiali scuri, stava dietro il feretro, al braccio dei due figli. Il sacerdote si avviò, pregando. Le saracinesche dei negozi che si aprivano lungo la statale erano abbassate a metà, in segno di lutto e rispetto. Cinque, seicento metri lungo la statale, poi il corteo funebre svoltò in via Roma liberando la piccola coda di auto che si era formata dietro.

La chiesa era fredda. Alcuni uomini restarono fuori, sul sagrato, a fumare e parlare. Il dottor Lonati rimase accanto a Elsa per tutta la durata della funzione. Non perse d'occhio Laura. Continuava ad aspettarsi qualcosa dalla ragazza.

Un segnale, pensava.

Laura non lo guardò nemmeno una volta.

Poi salirono verso il cimitero, la bara di Luciano venne tumulata, ci furono le ultime preghiere. Tutto sembrò correre velocemente nella splendida cornice del panorama che si godeva da lì. Qualcuno ricominciò a parlare ad alta voce, il Lonati colse le parole di una donna che stava dicendo di non avere la minima idea di cosa preparare per pranzo. Elsa lo prese sottobraccio, era felice di riportarselo a casa. Sulla soglia del cimitero li raggiunse Laura Galimberti.

3.

Era pallida, infreddolita. Stretta nelle spalle, teneva le mani nelle tasche del cappotto. S'era portata un passo avanti a Elsa e al dottore, poi s'era girata di scatto. Alle sue spalle un pallido sole autunnale, la linea della montagna, il profilo scuro del campanile.

«Mi sono liberata un momento dai miei amici», disse.

Il dottore la guardò senza parlare. Un battello traversava il lago.

«Come stai?» chiese Elsa.

«Bene», rispose lei.

L'aria sapeva di bosco, il dottore la inalò con gusto, pensò agli alberi ormai in ombra.

«Posso fare qualcosa per te?» chiese.

«Ieri sera non hai più richiamato, poi», interloquì Elsa.

«Mi spiace di aver disturbato», disse Laura.

Stavano uscendo tutti dal cimitero, passavano salutando.

«Figurati...» disse Elsa.

Laura sorrise alla donna, poi tornò a guardare il dottore.

«Volevo soltanto ringraziarla per quello che ha fatto», disse.

«Luciano era mio amico», disse lui.

La ragazza gli si avvicinò, lo abbracciò. Mentre lo faceva non riuscì a trattenere un singhiozzo. Il Lonati avvertì la mano della ragazza sfiorargli il fianco. Laura salutò, abbracciò e baciò anche Elsa. Si allontanò senza dire altro. Elsa riprese sottobraccio suo marito. Ormai erano soli, la scalinata era in penombra, il dottore stava pensando a un battello che navigava senza mai trovare un attracco, vuoto di passeggeri.

Sette novembre

1.

Il vento riprese a soffiare nella notte tra sabato e domenica. Le raffiche sembravano rivestite da una specie di vernice nera. Stavano basse, acquattate tra il buio e la superficie del lago. Erano lingue che si sollevavano di scatto, gettando le cose verso l'alto. Poi le inghiottivano o le facevano ballare di qua e di là. Il vento svegliò Elsa verso le due del mattino. Suo marito dormiva. Per sicurezza gli si avvicinò e si mise in ascolto. Respirava tranquillo. Sorrise. La sera prima gli aveva giocato un piccolo imbroglio mettendo a sua insaputa alcune gocce di sedativo nella camomilla. La stanchezza di quelle ultime ore aveva fatto il resto, il dottore era piombato in un sonno profondo.

Elsa stette ancora un po' a sentirlo respirare poi ritrovò il sonno.

Si svegliò alle sette e uscì dal letto attenta a non fare il più piccolo rumore.

2.

Nella cucina c'era una luce marrone, nell'aria il rumore di uno sciacquone, sul tavolo la tazza della camomilla. Per il resto la cucina era linda, in ordine. Per qualche minuto Elsa la guardò, le mani in mano, senza sapere cosa fare. Stette lì, così, sulla soglia sino a che le venne in mente il vestito, quello che suo marito aveva indossato per il funerale. Quello buono, per matrimoni, battesimi, cresime e, appunto, funerali. Il dottore scherzava dicendo che l'avrebbe indossato anche al suo di funerale. A piedi nudi Elsa tornò in camera, prese l'abito. In cucina lo spazzolò, felice di avere qualcosa da fare. Svuotò le tasche della giacca e dei pantaloni: un paio di monete, un fazzoletto. Un biglietto: il conto di una trattoria, stropicciato, macchiato di unto. Lo lesse poi lo gettò nella pattumiera. Una radio, al piano di sopra, cominciò a diffondere la sigla di un varietà della domenica mattina. Come tutte le domeniche. Quando il dottore si alzò, Elsa andò a riporre il vestito nell'armadio in camera. Poi mise su il caffè e accese la radio. La voce allegra di un presentatore stava raccontando barzellette, seguivano le risate di un pubblico finto.

«Ti spiace se spengo?» disse il dottore.

Fu lei a farlo.

«Vieni a messa con me?» chiese Elsa.

Ma già dalla faccia aveva capito la risposta. Il dottore le disse che si sentiva ancora stanco pur avendo dormito quasi dieci ore filate, preferiva stare in casa. Elsa pensò alle gocce che gli aveva rifilato la sera prima, non insisté. Sarebbe andata da sola, a quella delle undici. Aveva già mezzo pronto l'arrosto, al ritorno avrebbe portato a termine la cottura. Al ritorno, pensò, la cucina sarebbe stata invasa dall'odore del rosmarino, il profumo di tante domeniche normali. La luce adesso lì in cucina aveva un tono più giallo, anche al piano di sopra avevano spento la radio; il dottore disse alla moglie che mentre lei era a messa avrebbe fatto un bel bagno.

3.

Aprì i rubinetti dell'acqua. Quando Elsa uscì li richiuse. Lasciò scolare, guardandola, la poca acqua che si era accumulata nella vasca. Quando l'acqua finì si diresse con decisione verso il telefono, doveva parlare con Laura Galimberti.

Se però avesse risposto Claudia...

Si girò, diede le spalle al telefono, lo sguardo al corridoio. Elsa non avrebbe allestito la sua camera ardente là, in fondo, dove c'era la loro camera da letto. In sala, piuttosto.

«Claudia», disse, ad alta voce. Le sue bugie. Immaginò di vederla uscire dalla camera da letto. Vestita di nero, con gli occhiali scuri, come al funerale.

Rinunciò a telefonare, si avviò lungo il corridoio, entrò in camera. Claudia Galimberti non c'era. Si avvicinò al comodino, prese la scatola delle pastiglie di Luciano. Si chiese cosa fare di quell'ultima pastiglia rimasta, aveva due alternative.

Elsa, in quel momento, era già in chiesa.

4.

Ascoltava la messa ma non la sentiva. Elsa seguiva il filo dei suoi pensieri. Percepì, durante la predica, l'accenno del prevosto alla morte del notaio.

Diresse lo sguardo verso il punto dove, il giorno prima, avevano posato la bara col corpo di Luciano. Non riuscì a fermare la fantasia che le figurava il funerale di suo marito. Ebbe l'impulso di alzarsi e uscire per tornare a casa, da lui. Chiuse gli occhi. Un volo di rondini sullo sfondo di un cielo azzurro le attraversò la mente. Riuscì a calmarsi. Vide le finestre del suo appartamento aperte su una primavera ricca di profumi. Pensò alla voce del presentatore alla radio. Pensò alle condizioni in cui avrebbe trovato la stanza da bagno, acqua dappertutto, schiuma, gli asciugamani buttati là in qualche maniera. Riuscì a calmarsi.

Lo squillo che accompagnava il momento dell'elevazione la riportò alla realtà.

5.

Era il telefono.

Quando suonò il dottore era ancora in camera da letto. Aveva la pastiglia in mano, la rigirava tra le dita. Non sapeva ancora cosa farne. Se buttarla, distruggerla, mettersela in bocca, triturarla, rinunciare all'idea che gli era venuta.

Farla sparire, chiudere tutta la faccenda.

«Sono Claudia.»

«Come stai?»

Il Lonati non seppe dire altro.

«Bene.»

Si scusò per il disturbo.

«Nessun disturbo.»

«Semplicemente, volevo metterti al corrente. Ho parlato con Laura di quella storia dei manifesti.»

Il dottore si passò una mano tra i capelli. Tacque.

«Laura mi ha detto di non aver mai fatto quella telefonata. E non poteva essere diversamente, direi. Non avevo dubbi.»

«Nemmeno io», mentì il Lonati. «Ma mi sembrava doveroso chiarire la cosa», aggiunse subito dopo.

«Certo», concordò Claudia. «Ti ringrazio. Dev'essere stato qualcuno in vena di scherzi macabri.»

«Già», disse il dottore.

«L'incidente è chiuso», disse Claudia.

«Naturalmente», disse il dottore.

Riappese prima lei. Il Lonati stette ad ascoltare per un po' il segnale di occupato. Riattaccò. Un quarto d'ora dopo udì i passi di sua moglie che stava salendo le scale. L'ultimo tocco di campana si perse nell'aria. Era mezzogiorno. Elsa entrò in casa. Annusò l'aria, capì che suo marito non aveva fatto il bagno. Il dottore era ancora vicino all'apparecchio telefonico, le braccia lungo i fianchi. Fece per salutarla. Il telefono squillò un'altra volta.

«Pronto», disse lui.

«Sono Laura Galimberti. Ha trovato quel biglietto?»

6.

Frugandogli nelle tasche della giacca per cercare la scatoletta delle pastiglie.

Era stato così che l'aveva trovato, la sera in cui era morto.

Suo padre, raccontò Laura, era rientrato tardi quella sera.

«E stava già male, molto», aggiunse.

Quando era entrata in camera da letto lui era già sdraiato. Aveva notato la giacca appoggiata su una sedia e aveva frugato nelle tasche per cercare le pastiglie, che invece aveva già preso sua madre. Il biglietto le era capitato in mano per caso. Le era caduto in terra. L'aveva raccolto e non ci aveva pensato più. Fino al giorno del funerale. Quando, al cimitero, aveva abbracciato il dottore. Anzi, quando, con la scusa di abbracciarlo, gli aveva messo quel biglietto nella tasca della giacca. Il Lonati non se n'era accorto. La telefonata finì lì. Laura ebbe appena il tempo di dire che doveva chiudere, sua madre stava tornando dalla messa.

Tornando dalla messa? Allora, poco prima, Claudia l'aveva chiamato da un altro apparecchio.

Riattaccò.

«C'era Claudia a messa?» chiese.

Elsa aveva tolto la pelliccia. Era andata in bagno per sistemarsi un po' i capelli che il vento le aveva scompigliato.

«Non l'ho vista», rispose.

Il dottore si affacciò nella stanza da bagno.

«La mia giacca», disse.

A Elsa stava montando un po' di nervosismo. In parte ne fu contenta, prendeva il posto della lugubre fantasia di patire la morte di un marito ancora in vita. Fu tentata di chiedergli perché non avesse fatto il bagno.

«Quale giacca, Carlo?» chiese invece.

«Quella che avevo ieri, al funerale», rispose lui.

«L'ho spolverata questa mattina, mentre dormivi. E poi l'ho rimessa nell'armadio. Ti serve?»

Il dottore non rispose. Piantò lì la moglie davanti allo specchio per andare in camera da letto.

Elsa andò in cucina, accese il forno. Stava apparecchiando la tavola quando lui la raggiunse.

«Hai trovato qualcosa in una delle tasche?» chiese.

Elsa aveva i piatti in mano. Li depose sulla tavola.

«Vuoi spiegarmi cosa sta succedendo?» chiese.

«Dimmelo, per favore», insisté lui.

«Un foglietto.»

«L'hai buttato?»

Nella domanda del dottore c'era già la risposta. C'era anche un po' di sarcasmo.

«Era un conto di ristorante. Non pensavo che fosse così importante», rispose Elsa, una nota di rabbia nel tono della voce. Era ora che suo marito la smettesse di trattarla come una cretina, farle domande senza spiegare niente. Dalla bocca dell'uomo uscì una nuova domanda.

«Dove?»

E dove voleva che avesse buttato quel pezzo di carta?

«Nella spazzatura!»

Dopo aver ripulito la giacca, aveva anche svuotato la pattumiera nel condotto che veicolava i rifiuti di tutto il caseggiato in uno stanzino del sotterraneo. Se voleva andare a cercarlo lì, facesse pure.

«Ma smettila di trattarmi come un'oca, Carlo», disse Elsa. «E comincia a dirmi cosa c'è di tanto importante in un conto di ristorante.»

Il dottore si sedette.
«Il nome», disse.
Il nome del ristorante. Era quella la cosa importante?
Elsa sorrise.
«Se me l'avessi detto subito ci saremmo risparmiati questa specie di litigio.»
Perché se lo ricordava.
«Dimmelo», si spazientì il dottore.
Elsa volle tenerlo sulla corda per qualche altro istante.
«Due coperti», disse.
Due coperti, due primi, un secondo, mezzo litro di vino, un litro d'acqua, due caffè.
Il dottore la guardò.
«Dove?» chiese.
«Trattoria dell'Oria. A Dongo.»

7.

Il profumo del rosmarino era nell'aria, dal piano di sopra veniva rumore di passi. Elsa stava affettando l'arrosto. Il dottore aveva indossato una giacca da camera. Da qualche minuto nessuno dei due parlava. Lui aveva bisogno di rompere quel silenzio. Attese che sua moglie si girasse verso l'acquaio e poi, guardandole la schiena, parlò.

«Ti devo chiedere un favore.»

Ma Elsa si voltò per guardarlo in viso.

«Devi dirmi cosa sta succedendo.»

«Non posso», rispose il dottore. «Non lo so.»

«Riguarda Luciano, la sua morte?»

Lui annuì.

«Credo di sì.»

«Tu cosa c'entri?»

«Non capisco alcune cose, vorrei vederci chiaro.»

Elsa gli si avvicinò. Erano in piedi entrambi, uno di fronte all'altro.

«Sembri spaventato», disse lei.

Il dottore fece per dire qualcosa ma rinunciò.

«No», disse semplicemente.

Lei gli diede una carezza e tornò all'arrosto.

«Cosa vuoi che faccia?»

«Una telefonata», rispose lui. Di lì a un'ora, a casa Galimberti.

Doveva parlare con Laura, fingere che si trattasse di una telefonata di cortesia, chiedere come stessero, se avessero bisogno di qualcosa. E mentre faceva queste chiacchiere banali doveva dire a Laura che lui l'avrebbe aspettata al cimitero, vicino alla tomba di suo padre, alle quattro, quel pomeriggio. Doveva parlare anche con Claudia, fare a lei le stesse domande sciocche, così che non sospettasse niente.

Elsa si astenne dal fare domande. Telefonò come le aveva chiesto suo marito. Rispose Claudia. Elsa la intrattenne per qualche minuto. Poi le chiese di passarle Laura per un saluto. La ragazza comprese subito, non mostrò alcuna meraviglia, disse: «Va bene, grazie». Poi Elsa e Claudia chiacchierarono per un'altra decina di minuti.

8.

L'angelo della morte era una statua, opera di uno scultore locale dell'Ottocento. In origine era un angelo che doveva esprimere pietà. Quando il dottore l'aveva visto per la prima volta era già diventato un angelo della morte. Le piogge e il vento avevano scurito il marmo, una sorta di muffa verde era cresciuta su tutta la sua figura, il profilo delle ali era sbrecciato. Il viso aveva un aspetto infernale, sembrava che avesse occhiaie nere, profonde. Testimoniava un dolore inguaribile, una paura senza soluzione. Laura stava di fianco a quell'angelo, poco oltre la tomba di suo padre. Anche lei aveva un po' di occhiaie. Il vento le disordinava i capelli. Lo sguardo del dottore spaziò per il cimitero. Era tutto in disordine, il vento aveva buttato in giro i fiori, rami secchi si erano accumulati ai bordi dei vialetti insieme con qualche cartaccia. Si sentiva la musica fessa di un vaso che, da qualche parte, veniva sbattuto qua e là. Laura sembrava più immobile dell'angelo della morte. Il Lonati accelerò il passo ma subito si dovette fermare, tirare il fiato. Guardò verso l'alto, le cime dei cipressi si piegavano sotto le raffiche del vento. Il lago era lucido, la luce cominciava ad affievolirsi.

«Perché ti sei messa qui?»

Fu la prima cosa che gli uscì dalla bocca.

Perché qui, di fianco a questo orribile angelo di cui sembri l'ombra?

Laura indossava un impermeabile scuro, stretto in vita. Sembrava anche lei un angelo concentrato nella preghiera.

Perché vicino a queste ali che sembrano sul punto di cadere?

«Mi ripara un po' dal vento», rispose la ragazza accennando alla statua.

Senza dirsi niente si avviarono verso la tomba del notaio. Il marmo lucido, il cofano di rose e crisantemi, il nastro che svolazzava. Il dottore si fece il segno della croce.

«Povero papà», disse Laura.

«Ho visto quel biglietto», disse il dottore. Non ritenne di dover dire che erano stati gli occhi di Elsa a guardarlo per lui.

«Quella sera mio padre è rientrato a casa molto tardi», ribadì la ragazza. «E stava già molto male.»

Erano entrambi ai piedi della tomba, uno in fianco all'altra. Il dottore girò il viso verso Laura. Il cielo si stava arrossando per il tramonto imminente, il vento rinfrescava.

«Tua madre non mi ha detto niente.»

«Non era la prima volta che succedeva. Me l'ha detto Marco. Io non ne sapevo niente sino all'altra sera.»

«Hai idea del perché tua madre non mi abbia detto niente?»

«Non saprei.»

«Claudia non era a messa questa mattina.»

Laura chinò il viso.

«Elsa c'era, non l'ha vista», disse il dottore.

«Credo che da un po' di tempo mio padre frequentasse un'altra donna.»

Un irreale sentiero arancione partiva dal molo perdendosi poco oltre il centro del lago.

«Non basta», disse il dottore. «Non basta a spiegare tutto. Cominciando dalla faccenda dei manifesti.»

«Un banale errore», disse Laura.

«Un errore?»

«Un errore, una svista del tipografo...»
«Ma Laura, tu la chiami una svista?»
La ragazza non capiva l'animazione del dottore.
«Imperdonabile finché si vuole...» disse.
Sbagliare la data e l'ora del funerale, disse ancora, subito dopo.
Il vento sembrò fermarsi, il sole era ormai sceso dietro la montagna. Anche il rumore del vaso era svanito.
«Cosa stai dicendo Laura?»
Le parole del Lonati si sospesero in quel momento di illusoria calma. La ragazza percepì la confusione, i dubbi del dottore.
«Non è andata così?» chiese.
«Chi te l'ha detto?»
«Mia madre. Ed è per quello che hanno dovuto rifare i manifesti.»
«Qualcuno ha telefonato al tipografo facendosi passare per te», disse il dottore.
E quello aveva preso per buona la telefonata, non aveva avuto dubbi, aveva stampato...
«Quello che io gli avrei detto al telefono», concluse la ragazza.
Una luce colore del ferro stava scendendo sul cimitero. Il vento riprendeva forza.
«Tutto ciò ha uno scopo», disse il Lonati.
«E sarebbe?» chiese Laura.
«Mettere in sospetto qualcuno.»
«Ma quanti potevano raccogliere quel segnale?»
«Tutti quelli che conoscevano abbastanza bene tuo padre.»
Laura si strinse nelle spalle, appoggiò una mano sul marmo della tomba.
«No», disse.
C'era un solo bersaglio per quel messaggio.
«Lei, dottore.»
«Lo so», rispose lui.

«Quindi cos'ha intenzione di fare?»
«Capirci qualcosa di più.»
«Ne vale la pena?»
«Hai qualche dubbio?»
«No. Però... ormai lui è morto», affermò Laura accennando alla tomba.
«Forse c'è qualcuno che non vuole rassegnarsi all'idea», osservò il dottore.
«Lei pensa che possa essere l'altra donna?»
«È un'ipotesi.»
«Perché non è uscita allo scoperto?»
«Potrebbe avere paura.»
«Lei non ne ha?»
Lo sguardo del Lonati si alzò verso le cime dei cipressi stanche di vento.
«No», disse.
Non sapeva se stesse ancora mentendo.
«Non so nemmeno chi possa essere questa donna», disse Laura.
Il dottore pensò che quelle sarebbero state le ultime parole della ragazza.
«Non sappiamo nemmeno se c'è», tagliò corto.

Otto novembre

1.

«Medico cura te stesso!»

La voce grassa del farmacista bloccò il dottor Lonati sulla soglia del negozio. Era un uomo in carne, facondo. Aveva sempre un mezzo sorriso sulle labbra. A guardarlo veniva da chiedersi quale altro mestiere avrebbe potuto fare se non avesse fatto il farmacista. Il macellaio magari, o il domatore di leoni. Erano le sette di lunedì sera, il dottore aveva appena chiuso l'ambulatorio. Pioveva dalla mattina, faceva freddo. L'asfalto della strada era lucido di pioggia. Le cime delle montagne erano bianche di neve fresca.

«Vorresti dire?» chiese il Lonati.

Si davano del tu, da sempre, per affinità di mestiere, ma tra loro non c'era una vera e propria amicizia.

«Non ti guardi allo specchio? Hai una faccia che fa spavento. Ti ci vuole un po' di riposo», disse il farmacista.

Il dottore si appoggiò con entrambi i gomiti al bancone di legno.

«Oppure vuoi fare la fine del tuo amico notaio?»

Il solito mezzo sorriso comparve sul volto del farmacista.

Sì, pensò il dottore, il domatore di leoni, la giacchetta rossa con gli alamari dorati impregnata dell'odore selvatico delle bestie.

Dal retro della farmacia veniva il gracchiare di una radiolina. L'aria aveva un odore di eucalipto.

«Che tempo!» disse il dottore.

«Speriamo che duri», rispose il farmacista.

Gli affari, disse ridendo, andavano bene. Il campanello della porta suonò, il Lonati si ricompose. Entrò un cliente, mentre il dottore salutava e passava nel retro, senza chiedere permesso. Il farmacista tirò fuori l'aspirina e una scatola di pastiglie contro il mal di gola che faceva lui.

«Con le mie mani e tanto amore», disse ridendo ancora e salutando il cliente.

Poi raggiunse il dottore nel retro.

«Davvero», disse, «hai una faccia stanca.»

Il dottore non aveva voglia di spiegare le ragioni della sua stanchezza.

«Se ti do una pastiglia mi sapresti dire cos'è?» chiese.

«Dammi anche la confezione e te lo dico subito», scherzò il farmacista.

Dalla radio usciva adesso una musica di violino, una melodia vagamente tzigana che al dottore fece venire in mente il circo. Pensò che con la sua imponenza il farmacista avrebbe potuto fare anche il maître di sala.

«Vedo che è una cosa seria», disse il farmacista.

Una musica come quella che stava trasmettendo la radio il dottore l'aveva sentita, suonata dal vivo, a Venezia, durante il viaggio di nozze, una sera, mentre cenava con un'Elsa giovane e meravigliosa al lume di candela.

Il dottore si frugò nella tasca della giacca. Ne estrasse la confezione di pastiglie che aveva preso in casa del notaio.

«Eccola», disse tendendola al farmacista.

«Trinitrina», annunciò quello leggendo l'etichetta della confezione.

«Dentro c'è una sola pastiglia», disse il dottore.

«E allora?»

«Puoi capire se è davvero trinitrina?»

Il farmacista depose la scatoletta su un tavolino dove c'erano un bilancino e vari vasetti contenenti delle polveri. Incrociò le braccia sul petto, strinse le labbra.

«Che storia è?» chiese poi.

«Una storia vera», rispose il Lonati.

«Da dove viene quella pastiglia?» chiese il farmacista facendo un cenno del capo in direzione del tavolino.

«Credo che venga da qui, dal tuo negozio.»

Il farmacista si diede una grattata al mento strabordante, nascondeva metà del nodo della cravatta.

«È roba tua?»

«No, era di Luciano.»

«E allora no! Errore, errore!» cantilenò il farmacista.

Se la pastiglia era del povero notaio Galimberti, non veniva dalla sua farmacia. Perché il notaio e la sua famiglia avevano rinunciato ai suoi servigi da un pezzo.

Da quanto? Be', più o meno poteva essere un annetto, un annetto e qualcosa.

«Senza che abbia mai capito bene il perché», proseguì.

Sino a venerdì, venerdì nella tarda mattinata quando, finalmente, il mistero gli si era chiarito.

«Un certo tipo di persone non ama far sapere in giro che in famiglia hanno qualcuno di gravemente ammalato. Tengono nascosto, no? Hanno paura che si parli, che si spettegoli. Soprattutto la gente un po' in vista, quella che solo perché ha i soldi crede di essere immortale!»

Il farmacista disse «immortale» come se stesse recitando.

«Non ti seguo», disse il dottore.

«Ma come, è così evidente!»

Il notaio Galimberti era gravemente ammalato e moglie e figli non volevano che si sapesse!

Sì o no?

Quindi la prima cosa da fare era evitare accuratamente la farmacia del paese. Si sa come va. La gente comincia a vederti una, due, tre volte. Siringhe, garze, medicine.

«Cateteri!» disse il farmacista con una smorfia, come se uno di quegli affari lo stessero infilando a lui in quel momento.

Inevitabilmente si accendeva la curiosità, e poi le domande, chi è ammalato, da quando, cos'ha. Domande alle quali non sempre e non per sempre si riesce a sfuggire. Qualcosa ti scappa detto e il gioco è fatto.

«Il resto lo fa la fantasia.»

«Hanno fatto bene a rivolgersi ad altri», disse il farmacista. «Si sono risparmiati un sacco di fastidi. Per conto mio ci sono rimasto un po' male, questo sì.»

Ma infine aveva capito e giustificato ogni cosa quando aveva letto gli annunci funebri.

«Dopo lunga e penosa malattia, appunto.»

Trascorse un minuto di silenzio. Parlava solo la radio, notizie di cronaca e politica.

«Di cosa è morto?» riprese.

«Forse me lo dirai tu.»

«Dovrò interrogare quella pastiglia?»

«Te la senti?»

«Vedrò quello che posso fare. L'università l'ho frequentata durante la guerra ma nonostante tutto l'ho fatta bene. E poi la chimica mi è sempre piaciuta, era la mia passione.»

«È una pastiglia sola, mi raccomando.»

«Stai tranquillo, te la tratterò bene.»

«Ci conto.»

«E adesso lo vuoi un goccetto di cognac?» propose il farmacista.

«No, grazie», rifiutò il Lonati, «piuttosto...»

C'era un'altra cosa che gli doveva dire, un'altra cosa di cui non riusciva a trovare traccia nella memoria.

«È perché sei stanco», disse il farmacista.

«Sarà...» fece il Lonati.

S'incamminò verso l'uscita lentamente, sperando che quella seconda cosa gli tornasse in mente. Non ci fu niente da fare. Il farmacista lo guardò uscire, notò che aveva le spalle curve.

Uscito il dottore, chiuse.

2.

Il Lonati ritornò quasi subito sui suoi passi. Nemmeno un minuto, fuori, si ricordò di aver promesso a Elsa che le avrebbe portato i cachet per la sua emicrania.

La vetrina della farmacia era già buia. La porta chiusa. Girò sul retro. Da sotto la porta veniva un filo di luce. Il dottore diede due colpetti col pugno. Da dietro la porta la voce, la voce grassa, ma trattenuta adesso, come se il farmacista stesse parlando in un imbuto. Al telefono si conteneva. Il Lonati attese che finisse di parlare. Poi bussò con energia. Il farmacista comparve dopo pochi secondi, riempiva la luce della porta.

«Scusami», disse il dottore.

Quello lo guardò, nessun mezzo sorriso sul volto, adesso.

«È molto che sei qui?»

«Ho bussato un paio di volte prima», rispose il Lonati.

«Non ti ho sentito», disse il farmacista. «Ero di là a sistemare un po' di scatole negli scaffali.»

Il dottore pensò alla sua immagine riflessa nella lastra buia della vetrina.

«Ho dimenticato le pastiglie per Elsa.»

«Pensavo che ti fossi deciso per un ricostituente.»

3.

Aveva le mani e i piedi gelati. Nel molo le barche dondolavano lentamente, al ritmo di un'onda snervata dal vento. Dai lampioni si staccavano rare gocce. La piazza era vuota, gialla nella luce della notte. Stava salendo le scale di casa quando udì il suono del telefono. Affrettò il passo. Quando fu al secondo piano ne ebbe la certezza, era il telefono di casa sua. Ma il dolore lo fermò. Si appoggiò al muro delle scale con le spalle e la nuca. Pensò agli alberi schiantati dal vento. Al rumore secco del ramo che si spezza. Contò altri tre squilli, poi più niente. Nel cuore gli si stava accendendo una luce rossa. Gli mancò il respiro. Si asciugò la fronte con il fazzoletto. Non aveva con sé le pastiglie. Ma bastò il pensiero e il dolore cominciò a diminuire. Riprese a salire. Arrivò davanti alla porta di casa soltanto un po' affannato. Si sentiva il torace umido di sudore. Elsa lo salutò come al solito, con un bacetto.

«Come va?» chiese.

«Bene», rispose lui.

E poi chiese se avesse chiamato qualcuno.

Disse: «Ha chiamato qualcuno?».

«No», rispose sua moglie.

L'eco della bugia di Elsa gli provocò un ronzio nelle orecchie. Una specie di vertigine. Un odore di stagno. Si passò una mano sul viso convinto che l'avrebbe ritratta sporca di fango. Ebbe il terrore di stare male davanti a sua moglie.

Fu lei a salvarlo.

Disse, cioè.

«Cioè», spiegò.

Per chiamare avevano chiamato, più di una volta.

«Ma non parlano. Chiamano, non parlano e dopo un po' riattaccano.»

«Imbecilli. Quante volte hanno chiamato oggi?» chiese il dottore.

Elsa contò sulle dita.

«Con quella di poco fa, oggi è la quarta.»

4.

Cenarono. Guardarono la televisione. Andarono a letto poco dopo le undici. Ma nessuno dei due prese sonno. Aspettavano. Elsa stesa su un fianco, gli occhi chiusi, imbronciata. Il dottore steso sulla schiena. Sentivano che doveva ancora capitare.

Fu verso mezzanotte.

Elsa fece la mossa di alzarsi per andare a rispondere. Il dottore le posò una mano sul braccio.

«Resta qui», disse.

Si mise a sedere sul letto.

«Vado io.»

Senza alcuna fretta. Voleva lasciarlo suonare per un po', mettere alla prova la perseveranza di chi chiamava.

Attese, sempre seduto sul bordo del letto. Elsa stringeva gli occhi. Quegli squilli erano come le lame di dolore della sua emicrania.

Cinque, sei squilli. Il dottore si avviò. Le gambe avrebbero voluto correre. Impose loro la calma. Non accese la luce.

«Rispondi per favore», mormorò Elsa.

Il Lonati era davanti al telefono.

«Pronto», disse.

Non ci fu risposta. Un primo gettone scivolò nell'altro apparecchio.

«Chi parla?» chiese.

Silenzio. Un fruscio, come scintille di fili elettrici. Un altro gettone se ne andò. Poi un altro e un altro ancora.

«Non è un bel modo di scherzare», disse il Lonati.

Sapeva che qualcuno lo stava ascoltando.

«Mi ha capito?»

Nella fantasia del dottore si era ritagliata una figura buia, nera, che reggeva una cornetta.

Nell'aldilà non ci sono telefoni, rise tra sé con un brivido.

Infine un rumore interruppe le sue fantasie. Si sentiva il viso accaldato. Nel mondo da cui la figura nera aveva telefonato una macchina aveva frenato bruscamente. Il dottore sentì la musica di un motore scarburato. Fu questione di pochi secondi. Sentì una voce alterata, maschile, roca.

«Bellezza, se vuoi...»

Poi non sentì più niente. La comunicazione si interruppe. Il segnale di occupato cancellò tutto.

«Chiamavano senz'altro da una cabina pubblica», disse poco dopo a Elsa.

Nell'aldilà non ci sono cabine pubbliche, rise tra sé, al buio, mentre Elsa si stava addormentando.

«Chi può essere?» gli aveva chiesto Elsa prima di rimettersi sul fianco.

Non lo sapeva.

Forse lei. Ma non lo disse.

Non disse che sospettava potesse essere l'altra, l'altra donna di Luciano. Non le aveva mai parlato di lei. Non le avrebbe detto niente. Nel sogno che fece quella notte una cornetta si agitava nel vuoto senza che una mano la stringesse.

Nove novembre

1.

«Uno zuccherino», disse il farmacista.

Era martedì mattina. Pioveva. Stracci di nuvole sostavano fino a metà montagna. La sala d'attesa dell'ambulatorio era affollata. L'aria era greve, sudore, umidità, colpi di tosse, starnuti. Le sedie erano tutte occupate, c'era gente in piedi. Il farmacista s'era fatto largo dicendo che doveva dare un'informazione urgente al dottore. Indossava il camice bianco, era senza ombrello. Aveva bussato alla porta dell'ambulatorio, non aveva atteso risposta. Aveva infilato dentro la testa. Il Lonati stava compilando una ricetta, aveva girato il viso verso di lui.

«Uno zuccherino.»

Il dottore aveva scosso la testa.

«Uno zuccherino?»

«Non lo sto dicendo a te», rise il farmacista.

Rise anche la donnetta che stava seduta davanti alla scrivania.

«Sarebbe a dire?»

«La tua pillola.»

«Cosa significa?» chiese il Lonati.

«Te lo spiego dopo. Passa da me quando hai finito», rispose il farmacista. «Qui fuori sembra di essere al mercato, hai troppa gente che ha fretta di guarire. Se mi fermo ancora un minuto rischio di farmi sbranare.»

Chiuse la porta. Dalla sala d'attesa si levò un coro di saluti, poi riprese il chiacchiericcio. Il Lonati non aveva avuto il tempo per fare altre domande. Avrebbe voluto farsi spiegare tutto, subito. Guardò la donna che stava seduta di fronte a lui. Finì di compilare la ricetta.

Il farmacista rientrò fischiettando nel suo negozio. Era contento di aver provocato la curiosità del dottore. Gli piaceva tenere la gente sulla corda. Erano le undici della mattina, riprese a piovere con forza, l'aria si fece grigia.

2.

L'ultimo paziente se ne andò alle dodici e trenta, brontolando tra sé. Non era soddisfatto, il dottore l'aveva trattato con un po' di fretta. Il Lonati non vedeva l'ora di chiudere e filare in farmacia, per farsi spiegare la faccenda dello zuccherino. Una volta solo tutta la fretta svanì. Restò così, le mani appoggiate alla scrivania, a guardare la parete bianca davanti a sé.

«Uno zuccherino», ripeteva pensieroso.

Quindi, qualunque cosa fosse, quella pastiglia non era trinitrina. Qualunque cosa fosse, quella pastiglia andava aggiunta all'odore di fritto, alle impronte delle scarpe sulla moquette, al conto della trattoria, ai manifesti con l'incredibile dicitura. Era ora di parlare chiaro con Claudia Galimberti. La mano del dottore si posò sulla cornetta del telefono. Se gli aveva tenuto nascosto qualcosa, adesso era venuto il momento di parlare. Il farmacista lo stava aspettando, impaziente: gli piaceva tenere la gente sulla corda ma non gli piaceva starci.

Al telefono rispose Laura.

«Tutto bene?» chiese il dottore.

Banale, la domanda come la risposta.

«Sì.»

«Avrei bisogno di parlare un momento con tua madre.»

Laura esitò.

«La mamma non c'è, dottore», disse poi la ragazza con una sfumatura di stupore nella voce.

Peccato, pensò il Lonati.

«Allora fammi una cortesia, dille che ho bisogno di parlarle, di vederla magari. Dille che la chiamerò nel pomeriggio.»

«Ma, dottore…»

«Cosa c'è?»

Laura sembrava quasi imbarazzata.

«La mamma è via. È andata a Bordighera.»

3.

La casa al mare di Luciano. Il Lonati l'aveva vista una sola volta. Vent'anni prima, un sabato notte. Luciano l'aveva acquistata da poco. Era in fase di ristrutturazione. Con la scusa di andare a vedere a che punto fossero i lavori, loro due erano partiti da Bellano nelle prime ore del pomeriggio. In macchina, guidava Luciano. Un esaltante senso di libertà li aveva dominati sin dal momento in cui erano usciti dai confini del paese. Sul passo del Turchino s'erano fermati, era già notte, per guardare il mare. Davanti alla villetta Luciano gli aveva detto che, per ogni evenienza, era a sua disposizione. Gli aveva schiacciato l'occhio per fargli capire cosa intendeva. Quella era stata l'unica volta in cui il dottore aveva visto la casa al mare dei Galimberti. Non aveva mai tradito Elsa. Adesso ne aveva un ricordo vago. Ma non aveva dimenticato il profumo intenso di un enorme tiglio che proveniva dal giardino della casa vicina.

4.

«Quando è partita?» chiese il Lonati.

Laura esitò. Una pausa lunga. Cercava le parole.

«Mi scusi dottore ma pensavo che lo sapesse», riprese.

«Sapere cosa?»

«Ieri sera, al telefono...»

Aveva sentito sua madre parlare al telefono. L'aveva sentita dire di Bordighera. L'aveva sentita salutare, aveva detto: «Ciao dottore».

«Ho pensato che stesse parlando con lei», disse Laura.

Fu il Lonati a esitare, adesso.

Poi: «Lascia stare», disse.

Si salutarono.

Ciao Carlo. Lo salutava così Claudia Galimberti. Da sempre. Dalla prima volta. Da quando s'erano conosciuti.

Si alzò dalla sedia, spense le luci, chiuse l'ambulatorio, si incamminò alla volta della farmacia. L'aria era grigia, fredda. Il farmacista lo stava aspettando, imponente dietro il banco, le braccia conserte.

5.

«Lo vuoi o no questo ricostituente?» tuonò il farmacista.

Il Lonati sorrise appena, non rispose.

«Ti faccio tardare a pranzo», disse.

«E chi se ne frega», rispose quello. «Tanto non mi aspetta nessuno.»

Il farmacista era scapolo. Mangiava al ristorante lì vicino. Aveva il suo tavolino riservato. Primo, secondo e dolce, sia a mezzogiorno sia alla sera, e si vedeva.

«Raccontami tutto», disse il dottore.

«Non qui», disse il farmacista. «Nel retro.»

Caso mai qualche rompicoglioni li vedesse e gli venisse in mente di aver bisogno di qualcosa da uno dei due. Nel retro, tra l'altro, si stava comodi, seduti.

Il farmacista chiuse.

«Tempo di merda», mormorò.

«Ma non eri contento?»

«Ero», rispose il farmacista. Adesso non più. «Ho anch'io la mia dote di artrosi.»

«Allora?» chiese il Lonati.

Si era seduto su una poltroncina scricchiolante, un modello d'altri tempi che non c'entrava niente col resto dell'arredamento. Si sentiva stanco.

«Zucchero», rispose il farmacista.

«Vale a dire?»

Il farmacista era rimasto in piedi, davanti a lui, le braccia sempre conserte. Sembrava un macellaio stavolta.

«Vale a dire zucchero.»
Una pilloletta di zucchero. Rivestita di cera.
«Ottimo scherzo, buono per Carnevale.»
Peccato che il Carnevale fosse parecchio lontano e che loro non avessero più l'età per gli scherzi.
«Sei d'accordo?» chiese il farmacista.
Il Lonati taceva.
«Non ti ho convinto, eh?» fece il farmacista.
«No, è solo che...»
«Se hai dei dubbi su di me, non so cosa farci», interloquì il farmacista, «ma della chimica non puoi dubitare. I nitroderivati hanno le loro brave caratteristiche e non diventano zucchero così, da un giorno all'altro.»
Il Lonati scosse la testa come per scusarsi.
«No, mio caro, adesso mi stai a sentire», disse il farmacista.
Sillabando gli descrisse come aveva proceduto: aveva frantumato la pastiglia e scaldato la polvere dopo averla mischiata con del cloruro di calce come raccomandavano di fare tutti i sacri testi dell'analisi chimica.
«Così facendo tutti i nitroderivati sviluppano un odore pungente, estremamente caratteristico», proseguì il farmacista tornando a un tono di voce normale.
«Una volta che l'hai sentito non lo dimentichi», aggiunse.
«Invece?» chiese il dottore.
«Invece ho fatto un po' di caramello, nessun odore pungente, anzi!»
Poi aveva fatto la prova del nove.
«Ogni chimico che si rispetti la deve fare.»
Voleva essere sicuro del risultato. Aveva preso una pillola di nitro vera, stesso procedimento ed eccolo!
«Eccolo lì il mio odore pungente, fastidioso, inconfondibile. Mi ha ricordato i tempi dell'università.»
Quindi, in sintesi, quella che gli aveva dato era solo una pilloletta di zucchero.

«Soddisfatto?»
«Era l'ultima», disse il Lonati.
Il farmacista snodò le braccia, le allargò.
«Non potevo fare a meno di usarla.»
«Già.»
«E adesso sei preoccupato, eh?»
«Intendi dire?»
Il farmacista prese una sedia e si accomodò di fronte al Lonati. Si chinò verso di lui.
«Non hai più una prova fondamentale», sussurrò.
Il dottore non disse niente.
«Credi che sia scemo?» proseguì il farmacista.
«No.»
«E allora, a meno che tu abbia voluto mettere alla prova le mie conoscenze di chimica, cosa di cui dubito, credo che dietro, o dentro, quella pillolina ci sia una storia tutt'altro che chiara. Un mezzo mistero, forse.»
Tacque. Si raddrizzò. Fissò in viso il Lonati.
«Un mezzo mistero che magari riguarda il notaio.»
Il rintocco dell'una risuonò nell'aria. Greve, lontano.

6.

Non era il solito peso, non era il dolore che stava arrivando. Era una stanchezza improvvisa che partiva dalle spalle e sembrava volergliele piegare. L'insopportabile vista di tutto quello che lo circondava: l'autunno umido, piovoso, le foglie marce, l'odore disfatto che impregnava l'aria, l'immobilità delle cose, la pigrizia, la lentezza delle ore uguali una all'altra, come i giorni. E l'idea che il notaio stesse già marcendo sottoterra mentre lui – qua, sopra, tra i vivi – si baloccava con pezzettini di verità, zuccherini, impronte sulla moquette, telefonate anonime, silenziose. Il paese sembrava spopolato in quell'ora. Il dottore sorrise tra sé, pensando ai rumori del pranzo, al risucchio di una vecchia o allo sbattere di ganasce del farmacista. Rumori effimeri come tutto il resto, come il suo pezzettino di verità di cui a nessuno importava. Mica avrebbe riportato in vita Luciano. Dimenticare…

Invece le domande continuavano, ribelli, fiere della loro inutilità.

Di certo Luciano preparava qualcosa. Una cosa che Claudia non poteva permettere che accadesse. Mollare la famiglia magari, andarsene via con quell'altra.

Certo, era possibile, disse tra sé il Lonati. Possibilissimo, perfino banale.

Se loro due non si fossero allontanati nel corso di quegli ultimi anni, probabilmente Luciano lo avrebbe messo a parte dei suoi progetti. E chissà, forse avrebbe potuto fare qualcosa per limitare i danni, magari salvargli la pelle.

Ma ormai era tardi e aveva in mano solo degli squallidi, piccoli pezzi di verità.

Claudia l'aveva aiutato a morire. E per sfuggire a lui, alle sue domande, si era allontanata dal paese. Un quadro perfetto, un acquerello, il pudore dei sentimenti: ogni vedova che si rispetti, e che abbia la possibilità di farlo, va a macerare il proprio dolore lontano dal luogo che le ricorda il marito e la sua morte.

Davanti all'ingresso di casa il Lonati si fermò. Guardò la piazza vuota, grigia, lustra di pioggia, sconsolante.

L'unico tempo certo è quello passato, citò tra sé. Sorrise.

«Seneca», mormorò. Passato anche lui. Insieme con gli anni distanti in cui aveva studiato il suo *De brevitate vitae.*

L'unico tempo certo è un cadavere, pensò. Un morto anche lui, immobile come la superficie del lago colpita da gocce di pioggia ormai rare. Rari, forse, erano i giorni che gli erano ancora concessi di vivere. Magari quello stesso giorno...

Non aveva ancora fatto testamento. Nemmeno adesso l'idea lo tentava. Luciano glielo aveva sempre sconsigliato, portava male.

Chi muore tace, diceva.

Non sempre, rifletté il dottore cominciando a salire le scale di casa.

Quella che lo chiamava al telefono era viva, e taceva. Ma c'era. Col suo rumore di gettoni gli impediva di dimenticare. Lo teneva all'erta. Afferrò il corrimano per tirarsi su. Il suo braccio si tese. Quello era il braccio dell'indagine. La mente non aveva nome e cognome né voce. Ma aveva le idee chiare. Lui aveva dato a Luciano una sepoltura serena, un funerale tranquillo, lui aveva firmato l'infarto che l'aveva ucciso. Riposa in pace. Ma qualcuno non voleva.

Doveva dire a qualcuno quello che credeva di sapere. Come se fosse un testamento.

Elsa non andava bene, non voleva darle preoccupazioni. Laura piuttosto. La porta di casa era chiusa, suonò, gli aprì Elsa. Sorrise, l'aveva aspettato per buttare la pasta. Lonati le disse che si meritava una pasta coi fiocchi, aveva una fame da lupo. Intanto chiamò Laura Galimberti, fissò con lei un appuntamento, verso le sei, quella stessa sera, in ambulatorio.

«Per parlare di tutto», disse prima di riappendere.

A tavola avanzò più di metà della pasta.

E tutta quella fame? si chiese Elsa. Non osò fare domande, tenne per sé il pensiero. Sparecchiò in silenzio mentre suo marito riposava in poltrona. Fuori riprese a piovere con violenza.

7.

Erano le sei, l'ambulatorio era vuoto. Il Lonati diede un'occhiata alla sala d'attesa, vuota. Sul tavolino le riviste erano in disordine, alcune prive della copertina, una era in terra, non la raccolse. C'era un ombrello dimenticato in un angolo, il solito odore di sudore nell'aria, tracce di scarpe bagnate sul pavimento. La luce al neon aumentava l'impressione di disordine. Il rumore dell'acqua che cadeva con scrosci violenti, strapazzata dal vento, giungeva sin lì. Gli spiacque di aver costretto Laura a uscire con quel tempo, ma non riusciva a immaginare un altro posto sicuro dove poter parlare liberamente. Tornò in ambulatorio, si sedette, aspettò.

Alle sei e dieci Laura non era ancora comparsa. Telefonò a casa Galimberti: poteva sempre essere capitato qualcosa che mettesse la ragazza in condizione di tardare o addirittura di non arrivare del tutto. Il telefono era occupato. Ma glielo avrebbe fatto sapere, pensò il dottore mentre faceva passare un paio di minuti prima di provare a richiamare, in un modo o nell'altro Laura l'avrebbe avvisato dell'eventuale imprevisto. Richiamò, il telefono era sempre occupato. Erano le sei e venti quando fece un terzo tentativo. La linea era libera. Finalmente!, ma non rispondeva nessuno.

Erano ormai le sei e trenta quando Laura comparve sulla soglia dell'ambulatorio. Il Lonati ormai non sapeva più cosa fare, cosa pensare. La guardò, sorridendo stancamente.

Laura era pallida, aveva gli occhi rossi come se avesse pianto da poco. Il suo impermeabile gocciolava. Stringeva in mano un ombrello colorato, stava ferma sulla soglia, sembrava indecisa. Il dottore la invitò a entrare. Laura appoggiò l'ombrello nell'angolo della sala d'attesa. Il rumore dei suoi passi ruppe il silenzio.

«Siediti», disse il Lonati. «Temevo che ti fossi dimenticata del nostro appuntamento. Stavo quasi per andarmene.»

«Ho perso tempo mentre venivo qui», disse Laura.

Gli spiegò che lungo la strada aveva trovato le solite curiose che, col pretesto di sapere come stessero lei e la mamma, avevano cercato di strapparle qualche notizia attorno alla malattia di suo padre.

Gli stava raccontando una bugia? Un'altra, anche lei?

«Le ho liquidate dicendo che è stata una morte improvvisa», aggiunse la ragazza.

Chi era al telefono, allora?

Non era il momento di deviare il discorso, rifletté il dottore. Per ora contava solo il fatto che Laura fosse lì.

«Ti devo dire cose spiacevoli», disse.

Laura socchiuse gli occhi, la sua giovane bellezza svanì.

«Sei pronta?»

«L'ascolto.»

Fuori era un continuo sbattere di pioggia contro i muri. Sembrava che da ogni cosa che il dottore diceva – il manifesto funebre, le tracce delle scarpe, le telefonate mute –, il vento traesse energia per coprire le sue parole come se lui, il Lonati, fosse un nemico da abbattere, un'inutile cosa da togliere di mezzo.

«Infine c'è la parte più difficile da dire», mormorò il dottore.

E da ascoltare.

Laura non disse niente. Il dottore le raccontò delle pillole.

«Le presi per caso», disse. «Anzi, per necessità.»

Le raccontò del dolore che gli era venuto dopo che si si era chinato su Luciano.

«Come al solito avevo lasciato le mie qui, in ambulatorio. Quindi usai quelle che erano sul comodino di tuo padre.»

Le disse che ne aveva usate un paio e ne aveva riscontrato l'inefficacia.

«Capisci dove voglio arrivare?» chiese.

«L'ascolto», rispose la ragazza.

«I primi dubbi mi sono venuti allora.»

Di notte, soprattutto. A partire da quella notte. Aveva tentato di respingerli ma non c'era stato niente da fare. Aveva pensato in continuazione a come agire. Non aveva avuto altra strada che quella. Si era sentito un vigliacco ma l'aveva fatto ugualmente: solo Claudia avrebbe potuto aiutarlo a risolvere i dubbi. Le aveva teso un tranello, e lei c'era cascata.

«Quando le chiesi delle pillole mi rispose che le aveva gettate.»

Ma era una bugia.

«Le avevo prese io.»

Alla fine gliene era rimasta una sola, lo zuccherino del farmacista.

Laura chinò il capo: «Lei dottore cos'ha intenzione di fare?».

«Tu?» ribatté il dottore.

«L'ho chiesto a lei», disse la ragazza. Ma dopo aver sollevato il viso, guardandolo senza timore.

«Tuo padre aveva un'altra donna, ne abbiamo già parlato.»

«Lo so. Non ho le prove, ma lo so. Potrebbe essere quella che le telefona senza parlare.»

Il Lonati risentì il rumore dei gettoni che scivolavano nell'apparecchio uno dopo l'altro. Chissà perché, ma immaginava una cabina telefonica immersa nel buio, un buio solido, sul quale si poteva camminare.

«Abbiamo due sole strade davanti: far finta di niente o proseguire, cercare la verità.»

«Lei cosa farà?» tornò a chiedere la ragazza.

«Non siamo soli in questa storia», disse il dottore. C'era l'altra, muta come i morti, come Luciano.

«Perché non parla?»

«Non lo so. Forse ha paura. Forse non vuole che ci si dimentichi. Forse...»

«Forse mio padre si preparava a lasciarci per lei», interloquì Laura.

«È possibile.»

«Mia madre è un'omicida?»

«Dovremmo sapere come stanno le cose, prima di giudicare.»

«Ne vale la pena?»

Il Lonati si portò una mano sugli occhi.

«Tu stanne fuori», disse.

Laura scosse la testa.

«Se lei va avanti io la seguo. Ma ne vale la pena?»

Come tenere in vita un moribondo, come raccontare balle a un malato senza speranza. Ne valeva la pena?

«Lo sapremo alla fine», disse. E si alzò.

«Bisognerà cominciare da Dongo», aggiunse.

«La trattoria di cui le ho dato il conto?»

Il Lonati confermò.

«Quando?»

«Domani sera. Andremo a cena alla Trattoria dell'Oria.»

Fingendo di essere padre e figlia. Per guardare, sentire, cercare di capire: cosa, non avrebbe saputo dirlo.

Uscirono. Era freddo. Continuava a piovere con un disordine provocato dal vento. Nel buio la schiuma bianca delle onde.

«Sa una cosa dottore?» disse Laura.

Non era mai stata a Dongo.

«A dire la verità non so nemmeno dove sia con precisione.»

«Là», disse il Lonati allungando il braccio verso l'alto lago.

La ragazza seguì il braccio con gli occhi. Vide il buio del lago, il bianco spettrale delle nubi basse.

Dieci novembre

1.

Bugie.

Ancora.

Toccava a lui, adesso, dirle.

Lo fece.

Mercoledì, a pranzo, disse a Elsa che quella sera doveva presenziare a una cena tra colleghi.

Da anni il Lonati rifiutava quel tipo di inviti.

Fu quello che gli obiettò Elsa.

Un'altra bugia.

Il dottore rispose che non poteva esimersi, era una festa in onore di due colleghi che andavano in pensione. Non poteva mancare. L'avevano pregato, aveva promesso, dato la sua parola. Dopo quei due, toccava a lui la palma di decano del lago.

Elsa non ribatté. Sarebbe stato inutile. Però sentiva che suo marito le stava mentendo. Era una cosa che le faceva male, le dava un dolore fisico. Era anche peggio. Era come se qualcuno le stesse sussurrando qualcosa di maligno nelle orecchie, come se qualcuno le stesse dicendo svegliati, guarda la realtà, renditi conto che è tutta una menzogna, che sinora hai vissuto in un bagno di bugie, di inganni.

Elsa cercò di non lasciarsi prendere dall'inquietudine di quei pensieri. Tentò di passare un pomeriggio uguale agli altri. Riordinò, spolverò, cercò di leggere. Dentro di lei un'altra Elsa sorrideva sorniona, distante. Verso le cinque prese dall'armadio il vestito scuro del marito. Lo rinfrescò, lo depose sul letto. Mise accanto al vestito la camicia e la cravatta in tinta. Stette un poco a guardare quel vestito vuoto, abbandonato sul letto. Suo marito rientrò attorno alle sei e mezza. Non le sfuggì che faticava a reggere il suo sguardo. Forse era il momento per fargli le domande che la tormentavano, chiedergli il perché delle bugie. Represse la tentazione, scacciò le domande. Tutte, tranne una.

«Dove andrete a cena?»

«A Dongo», rispose lui.

Elsa pensò a quella strada buia, alle curve che si susseguivano una dopo l'altra, all'asfalto scivoloso.

Non gli raccomandò prudenza, come era solita fare quando lui doveva allontanarsi dal paese. Non appena il dottore uscì di casa, Elsa si fece il segno della croce.

2.

Pioveva poco, ma i bordi aguzzi delle rocce erano ancora lucidi di acqua. Sulla statale c'erano sassi, rami, pozzanghere. Di tanto in tanto un lampione rompeva il buio. Il lago era scuro, disordinato. Il vento era riuscito a spaccare la massa delle nuvole, le aveva sfilacciate, liberando i profili delle montagne. In cielo apparve qualche stella. Il Lonati guidava con circospezione, silenzioso. Laura si era adeguata al suo silenzio. Fu solo quando imboccò la strada che collega le due sponde che il dottore si decise a dire qualcosa.

«Non dimenticare che fingeremo di essere padre e figlia», disse.

Il rettilineo sembrava filare all'infinito, finire dentro o contro una massa lontana fatta di buio e rare luci. La linea di mezzeria era appena riconoscibile, ai lati campi invisibili, ogni tanto la sagoma scura di un albero.

«Certo», rispose Laura.

«Devi abituarti a darmi del tu.»

«Spero di non dimenticarmene.»

«Abituati sin da ora.»

«D'accordo.»

«Avanti allora.»

Laura prese fiato.

«Precisamente cosa andiamo a fare in quel posto?»

«Hai evitato di usare il tu.»

Laura sorrise. «Che piano hai?» chiese con una certa fatica.

Stavano imboccando il ponte del Passo.

«Nessun piano preciso. Vedere, ascoltare, rendermi conto. Magari fare qualche domanda.»

«Un po' poco», osservò Laura, «non ti sembra?»

Il Lonati scalò una marcia, fece a trenta all'ora la curva che li immetteva sulla sponda occidentale del lago.

«Lo so. Tu hai qualcosa di meglio da proporre?»

«No.»

«Non mi sembri convinta di quello che stiamo facendo», rilanciò il dottore.

«Continuo a chiedermi se ne valga la pena. E lei?»

«E tu», la corresse.

«E tu?»

«Ormai siamo in viaggio.»

«Già.»

Laura pensò a suo padre, pochi giorni prima, a quell'ora, in quello stesso posto. Il dottore ingranò la quarta. Larghe fette di cielo stellato cominciavano a comparire, al loro arrivo a Dongo c'era anche un giallastro quarto di luna.

3.

Nella piazza di Dongo cartacce volavano qua e là. Dai lampioni cadeva una luce faticosa, pareva fermarsi a mezz'aria. Il rumore delle onde che si frangevano sulla riva era imponente. Non più di tre, quattro macchine parcheggiate. Una bicicletta era appoggiata alla base del monumento al centro della piazza. Il dottore spense il motore e diede un'occhiata intorno prima di scendere dalla macchina. Su un lato della piazza c'era un bar aperto. Dalla vetrata filtrava una luce sbiadita, fumosa. Dentro due avventori seduti a un tavolino. Fumavano, guardavano oltre la vetrata, verso quella macchina appena arrivata. Il dottore disse a Laura di restare nell'auto. Scese lui solo a chiedere informazioni, non aveva la minima idea di dove fosse la Trattoria dell'Oria. I due del bar spensero le sigarette quasi contemporaneamente e continuarono a seguire le mosse del dottore. Che, sceso, si strinse l'impermeabile e si avviò alla volta del bar col vento alle spalle. Sulla soglia cercò di risistemare i capelli scompigliati dall'aria. Nonostante l'età aveva ancora una bella chioma. Grigia, certamente, ma folta. L'odore, dentro, era di fumo, Nazionali. Il proprietario del bar stava al bancone, chino su un giornale. I due al tavolino non si girarono. Il Lonati si avvicinò al barista.

«Scusi», disse.

Il proprietario, con un sospiro e un gesto ampio, chiuse il giornale come se avesse appena terminato una fatica o eseguito un compito gravoso. Si raddrizzò, si appoggiò alla scansia dei liquori.

«Dica.»

Aveva un viso placido. Mentre il Lonati gli chiedeva informazioni circa la trattoria, allungò, senza girarsi, una mano verso i liquori: con sicurezza prese per il collo una bottiglia di Vecchia Romagna e se ne servì una mezza dose. Ne spinse una anche verso il dottore, senza parlare, in un gesto di offerta. Il Lonati fece no con la testa. Sopra la scansia dei liquori c'era un orologio con la pubblicità del Cynar, segnava le otto e trenta.

«Deve proseguire per un chilometro, uscire dal paese», spiegò il padrone del bar. «Sulla sinistra a un certo punto vede una strada sterrata...»

«C'è anche un cartello», disse uno dei due al tavolino.

Un cartello che segnalava la Trattoria dell'Oria. Il padrone del bar disse che non ne sapeva niente. Finì di bere il suo liquore.

«E allora non può proprio sbagliare.»

Se c'era il cartello, imboccava quella strada e, dopo un cinque, seicento metri, arrivava proprio davanti alla trattoria.

«Grazie», disse il dottore.

Gli rispose un mugolio. La bicicletta appoggiata al monumento non c'era più. I finestrini della macchina s'erano appannati. Laura disse che le stava venendo freddo.

«È un posto appartato, questa trattoria», disse il dottore.

Le spiegò quello che gli avevano raccontato.

«L'ideale per incontri clandestini allora», commentò Laura.

Il cartello sbucò dal buio. Era storto, come se una macchina l'avesse centrato. O forse addirittura il vento era riuscito a piegarlo. La strada era un fango unico, in un paio di occasioni la macchina rischiò di impantanarsi. Davanti alla trattoria, per fortuna, c'era un fondo di ghiaia piuttosto grossa. Per sicurezza il dottore parcheggiò proprio davanti all'ingresso. Da una tettoia pendeva l'insegna. Cigolava. La loro macchina era l'unica. Appena entrati l'odore di fritto li avvolse.

4.

La luce andò via dopo una raffica di vento più violenta delle altre. Per qualche istante l'unico rumore fu il fruscio del televisore che si spegneva fino a diventare un puntino luminoso e poi più niente. Un silenzio assoluto, totale, anche il vento stava riprendendo fiato. Elsa strinse i braccioli della poltrona. Pensò, sentì di essere sola. Pochi istanti, che bastarono. Poi il caseggiato si rianimò. La luce era sempre spenta. Ma da sopra giunse rumore di passi, voci smorzate che cercavano di orientarsi nel buio. Qualcuno cominciò a cantare ad alta voce. Una voce di donna gridò qualcosa, bambini risposero, poi risate. Lo squillo del telefono calò nel buio che perdurava. Si impadronì dell'appartamento. Elsa stava pregando sottovoce, per sé, per suo marito, per quei giorni paurosi. Sperò che smettesse. Non voleva rispondere. Aveva paura del silenzio che la stava aspettando. I peggiori pensieri le stavano attraversando la mente. Anche quello che suo marito avesse avuto un incidente, fosse stato male, la stessero chiamando da un ospedale per avvisarla della disgrazia. Allora si alzò. Aveva gli occhi umidi. Era convinta che tutto ormai fosse finito, pronta a ricevere la cattiva notizia. Sollevò la cornetta, non le riuscì di dire niente.

«Dottor Lonati?» chiese una voce.

Di donna. Appena ansiosa, con una nota di preghiera nel tono.

«Sono la moglie», disse Elsa.

«Mi scusi l'orario.»

Poi le spiegò chi fosse, perché la stesse chiamando: suo marito era in cura presso il dottor Lonati. Diabetico, non stava molto bene. Aveva un po' di febbre, vertigine, nausea. Da un paio di giorni mangiava poco e lei non sapeva cosa fare con l'insulina, usarla, non usarla, ridurre le dosi... era stato il dottore a raccomandarle di non agire di testa propria, di chiamarlo per consigliarsi con lui... lei aveva aspettato un paio di giorni ma adesso, con davanti la notte...

«La notte buia», pensò Elsa.

...non sapeva proprio cosa fare e s'era permessa di telefonare, nonostante l'ora.

«Mio marito non è in casa», disse Elsa.

La donna riversò tutto il proprio sconforto nella cornetta del telefono.

«Ma come faccio allora?»

La luce tornò in quel momento. Elsa strizzò gli occhi.

«Credo di riuscire a rintracciarlo», disse. «La faccio richiamare.»

Poi riappese e sorrise. Non vedeva l'ora di sentire la voce di suo marito. Aveva in mano un'ottima scusa per chiamarlo. Prese la rubrica telefonica e cercò il recapito della Trattoria dell'Oria, a Dongo.

5.

Non c'era nessuna cena tra dottori.

Brusco, villano, il proprietario della trattoria troncò a metà la richiesta di Elsa.

«Ne è sicuro?» insisté lei.

L'uomo sbuffò direttamente nella cornetta. Ruvidamente fece lo spiritoso.

«Ci sono tre tavoli occupati. Sei coperti in totale. Vuole che le dica anche cos'hanno ordinato?»

Elsa sorvolò sulla maleducazione dell'uomo.

«Può vedere se tra i suoi clienti c'è il dottor Lonati?» chiese. «Sono sua moglie.»

Le parole le sembrarono fredde, ebbe l'impressione di non averle pronunciate per sua volontà. Avrebbe preferito essere ancora al buio.

«Come ha detto che si chiama?» fece l'oste.

Elsa ripeté il cognome, lo sillabò, come se non ne fosse tanto sicura.

L'oste aprì appena un'anta della cabina telefonica, la cornetta in mano. Conosceva gli altri. Quindi, se c'era, 'sto dottor Lonati non poteva essere che quello arrivato un'oretta prima in compagnia della ragazza.

«Momento», disse. Lasciò penzolare la cornetta.

Il dottore stava già cenando senza nessuna fame. Laura aveva ordinato il suo stesso piatto, risotto col pesce persico, vanto della trattoria. Nessuno dei due parlava. Avvertivano entrambi l'inutilità di quella sortita. Chissà cosa s'erano aspettati di trovare. Tracce del passaggio di Luciano, prove di quello che era successo lì dentro qualche sera prima. Forse, addirittura, stava pensando il dottore, ridendo di sé, Luciano vivo, in carne e ossa. Il risotto aveva un sapore grasso, quasi rivoltante. L'oste si avvicinò alla coppia, poggiò le mani sul tavolo, si chinò verso l'uomo come se non volesse farsi sentire dagli altri, invece non badò al tono della voce.

«È lei il dottor Lonati?»

«Sì», fece lui. «Perché?»

«C'è sua moglie al telefono», rispose l'oste girandosi subito per tornare alla cabina, prendere con due dita la cornetta e sventolarla verso il dottore.

«Sapeva che eravamo qui?» chiese Laura.

Il dottore lasciò cadere la forchetta, allontanò il piatto.

«Qualcosa del genere.»

«È stata un'imprudenza dirglielo.»

«Vado a sentire cosa succede», disse il dottore.

L'oste era sempre lì, la cornetta in mano, un mezzo sorriso sulla faccia. Aveva bloccato l'anta con una zappetta di legno.

Ti ha beccato!, stava pensando.

Quando il Lonati prese la cornetta l'oste non si allontanò più di tanto, era curioso, voleva sentire che razza di balle si sarebbe inventato quello per giustificarsi con la moglie.

Elsa cercò di mantenere un tono di voce normale, una fatica improba, quasi un dolore. Gli disse della telefonata, di quello che non stava bene. Il Lonati comprese la difficoltà della moglie.

«Stai bene?» chiese. Non gli venne altro. Fu sufficiente a far crollare Elsa. La donna singhiozzò.

«Carlo.»

«Sì?»

«Cosa sta succedendo?»

L'oste sorrideva di gusto, vedeva l'espressione tribolata

del dottore. Cazzi suoi, stava pensando, cazzi suoi di lì a poche ore. Però ne valeva la pena, la ragazza era un bel gnocchetto, un po' smorta, ma dava ragione al proverbio.

Il dottore sospirò.

Sospira, sospira... pensò tra sé l'oste.

«Perché una bugia?» chiese Elsa.

«Più avanti capirai. Quando sarò in grado di spiegarti tutto», disse il dottore.

Bella frase, pensò l'oste, complimenti!

Elsa non riuscì a dire altro.

«Ci vediamo più tardi», disse il dottore.

Restituì la cornetta all'oste.

«Volete ordinare il secondo?» chiese questi.

«Vorrei fare una telefonata senza avere intorno orecchie indiscrete», ribatté il dottore.

6.

Prima, però, doveva farla lui, una telefonata, disse l'oste.

«Cosa breve», aggiunse.

Ma aveva la moglie ammalata. Era a casa da sola. Inoltre soffriva molto il vento, ne aveva quasi paura. Sempre stata così, sin da giovane.

Se non dispiaceva al dottore, quindi, avrebbe fatto lui prima una telefonata, per tranquillizzarla.

«Non pensavo di avere gente a cena, con una sera così», disse. «Contavo di tornare a casa prima. La avviso che tarderò.»

«Faccia pure», disse il Lonati.

Tornò a sedersi al tavolo.

«Allora?» chiese Laura.

Il dottore rispose tenendo d'occhio la cabina del telefono, una vecchia cabina di legno, i vetri delle ante appannati forse per via dell'unto di cucina.

«Problemi di lavoro», disse.

L'oste ci stava un po' stretto, dentro quella cabina. Muovendosi sbatteva da una parte e dall'altra. Picchiò una testata mentre consultava l'elenco del telefono. Il Lonati notò la stranezza e avvertì anche il rumore secco di un gomito che sbatteva contro la parete. Immaginò il fulmine di corrente elettrica che si stava irradiando verso le dita dell'oste. Si staccò dal pensiero quando quello uscì.

«Libero», disse. E si stava massaggiando il gomito.

Il Lonati entrò. Si trovò immerso nell'odore di sudore dell'oste. Prese l'elenco del telefono. Pure quello era unto, stropicciato, la copertina come se fosse stata smangiucchiata dai topi. Sulla prima pagina erano annotati numerosissimi recapiti telefonici senza nome. Quando trovò il numero che cercava fece lo stesso. Lo scrisse su quella pagina, insieme con gli altri, per non dover tornare a cercarlo, nel caso avesse dovuto richiamare. Compose il numero, attese. Il telefono non dava alcun segnale. Nell'attesa il Lonati leggeva quei numeri, pensava a quelle telefonate fatte a destinatari che non avevano nome. Non avvertiva più l'odore di sudore dell'oste. Pensò a Elsa. Forse era arrivato il momento di raccontarle qualcosa. L'aveva lasciata sola coi suoi dubbi. Peggio ancora. L'aveva lasciata sola con dei sospetti su di lui. Senza alcun conforto, senza compagnia. La vide seduta in poltrona, davanti al televisore acceso, incapace di seguire il film o la commedia, le mani una nell'altra, ad aspettarlo. La fantasia svanì quando il telefono cominciò a dare il segnale di occupato. Il Lonati riattaccò, rifece il numero. Riprese a guardare l'elenco. Avrebbe parlato con Elsa, avrebbe condiviso con lei i suoi crucci. Non vedeva l'ora di risalire in macchina, tornare a casa, dirle tutto. Il telefono diede nuovamente segnale di occupato. Il Lonati riattaccò, si sporse dalla cabina. L'oste era dietro il banco, non aveva occhi che per Laura, che sedeva sola, rigida, lo sguardo nel vuoto.

«Me l'ha data la linea?» chiese il Lonati.

Pigramente, l'oste girò il viso verso di lui.

«Certo. Perché?»

«Continua a essere occupato.»

L'oste si grattò una guancia.

«Posso sapere dove sta chiamando?»

«Di là», rispose il dottore.

L'oste sorrise.

«L'ha fatto il prefisso? Sennò...» disse agitando un paio di volte indice e pollice.

«Il prefisso», mormorò il Lonati. All'oste non sfuggì l'espressione di sorpresa che gli era fiorita in viso.

«Bisogna farlo, dottore, qua siamo in un altro distretto», disse didattico.

Ma il dottore l'aveva fatto. Zero tre quattro uno. Era un altro prefisso che, adesso, stupiva il Lonati. Un numero confuso in mezzo ai tanti altri numeri scritti sulla prima pagina della guida.

«Se lo ricorda?» chiese l'oste.

Era lì, su quella pagina. Non lo zero tre quattro uno. L'altro.

«L'ho fatto, ma è inutile», rispose.

«Impossi...»

L'oste si diede una sberletta sulla fronte.

«Non ho azzerato gli scatti.»

Si avvicinò alla cabina. Prima di lui arrivò il suo sudore.

«O esce o lo fa lei», disse l'oste. In due nella cabina non ci stavano.

«Va bene», disse il dottore.

Il contascatti era sotto la mensola del telefono.

«Deve schiacciare quel bottoncino rosso.»

Il Lonati si chinò. Non lo fece intenzionalmente. Vide il numero degli scatti. Dodici. Schiacciò il bottoncino rosso. Comparve lo zero. Dodici scatti. Tanti, per una telefonata alla moglie. Troppi. Si raddrizzò, ripensò al numero, al prefisso che lo aveva colpito perso nel mare degli altri numeri scritti sulla pagina della rubrica. Quel pensiero, quella frase, quella parola lo colpì. Si sentì scaldare.

«Adesso può telefonare», disse l'oste.

Un mare di numeri, pensò il dottore.

Un mare.

«Grazie», rispose.

Gli sembrò di aver balbettato. L'oste si allontanò. Telefonò. Rimase al telefono più del dovuto, gli occhi fissi su quella pagina fitta di numeri.

Finalmente lo ritrovò. Lo ricopiò su un angolo della pagina, lo strappò, se lo mise in tasca.

Il mare, la Liguria, Bordighera. Si sentiva certo di quello che aveva trovato. Il prefisso che aveva in tasca era quello del distretto di Imperia. Il numero quello della casa al mare dei Galimberti.

7.

Dongo alle spalle. L'aria della macchina era già satura dell'odore di fritto. Il buio sputava le curve della strada all'improvviso, obbligando il Lonati a repentini cambi di marcia. Per un bel tratto né lui né Laura parlarono. Dopo un po' a rompere il silenzio fu la ragazza: «Abbiamo fatto un bel bagno nella frittura».

Lo disse ad alta voce. Il Lonati sobbalzò come se avesse sentito un rumore. Stava pensando a quei dodici scatti. Era lontano, aveva nella mente la visione del mare placido come l'aveva visto quella sera di tanto tempo prima insieme con Luciano.

«Già», rispose, e tornò a tacere.

Ma non era convinto che avessero fatto un buco nell'acqua. Non lo disse a Laura. Non le disse dei dodici scatti dell'oste che, quindi, non aveva chiamato casa. Non le disse che probabilmente avevano raccolto un'altra bugia, l'ennesima, quella della moglie ammalata, che aveva paura di tuoni, fulmini e vento.

«Non hai voglia di parlare», constatò Laura.

S'era abituata a dargli del tu. Se ne rese conto subito dopo. Cercò di scusarsi.

«Ti dà fastidio se continuo a darti del tu?»

Il Lonati rallentò. La strada correva diritta. Ma c'era stato qualcosa nella domanda di Laura che gli aveva risvegliato un pensiero. Rallentando, cercò di non lasciarlo scappare. Era legato alla bugia dell'oste.

Perché raccontargli una bugia quando poteva farne tranquillamente a meno?

Umida, la strada sembrava la schiena di un serpente, una biscia d'acqua. Il dottore rabbrividì.

Il tu, la confidenza. Eccola lì la risposta. Si mente solo con chi si conosce. Per ingannarlo. Aveva fatto così anche lui con Elsa. Aveva fatto così anche l'oste. Perché sapeva chi era. Si era giustificato, raccontandogli la balla della moglie ammalata. Fosse stato un cliente normale, anonimo, non avrebbe detto niente.

«No», rispose il Lonati. «Continua pure.»

Stavano ormai lasciando la riva occidentale. Attraversarono il ponte del Passo. Lì sotto l'acqua correva veloce.

Una bugia della durata di dodici scatti. Una bugia lontana dodici scatti.

«Non ti va di parlare?» chiese Laura.

Le sbarre del passaggio a livello erano abbassate.

«Parliamo», disse il dottore.

Scalò le marce, frenò dolcemente sino a fermarsi. Dietro di loro non c'era nessuno, nemmeno dall'altra parte. L'occhio rosso del segnale di stop era l'unica luce. Intorno una natura muta, buia, desolante.

«Credo che la nostra inchiesta sia giunta alla fine», disse Laura.

Il dottore non rispose.

«Non sei d'accordo?» insisté la ragazza.

«Ci sono molti punti oscuri», disse il dottore. Ma non era esattamente quello che voleva dire. Aveva parlato tanto per dire qualcosa. Più andavano avanti, più la storia si faceva oscura, ecco quello che pensava e non diceva. Sempre più punti interrogativi, nessuna risposta.

«Non riusciremo a risolvere niente», disse Laura.

«È possibile», disse lui. Non aveva voglia di altre domande cui non sapeva rispondere. Aveva voglia di stare solo. Se almeno il treno si fosse deciso a passare.

«Che intenzioni hai?» chiese Laura.

Il dottore aveva abbassato un poco il finestrino, due dita. Percepì finalmente un rumore di ferraglia.

«Tu cosa faresti?» ribatté. Giocava, ormai, con Laura.

Il treno stava passando. Un locale, l'ultimo della giornata. Carrozze al buio, nemmeno il sospetto di una presenza umana. Le sbarre del passaggio a livello cominciarono ad alzarsi a piccoli scatti.

«Lascerei perdere», disse Laura. «Mio padre è morto», aggiunse.

La macchina sobbalzò sulle rotaie.

«Non vuoi sapere come?» chiese lui.

«Non lo riporterebbe in vita.»

Eppure qualcuno voleva, pensò il dottore. Non disse più niente. Non parlarono più. Attraversarono i silenzi e i vuoti dei paesi guardando avanti.

Una volta giunti a Bellano si diedero la buonanotte.

8.

Forse Elsa dormiva, forse fingeva.

Il dottore cercò di non fare alcun rumore, cercò di credere che dormisse. Si sentiva un fantasma.

Elsa non stava dormendo. Ascoltò i movimenti lenti e silenziosi del marito. Pensava che non aveva voluto ingannarla anche se le aveva raccontato una bugia.

Per andare avanti ci volevano altre bugie, stava pensando il Lonati. Poi cadde in un sonno agitato.

Undici novembre

1.

Soffiava un vento stanco, privo di forze. Il lago sembrava muoversi come per sistemarsi meglio e poi dormire. In cielo c'erano buchi di azzurro, chiazze di colore slavato qua e là sulla montagna. Il Lonati non usciva quasi mai così presto. Elsa non gli aveva chiesto niente, aspettava. Lui l'aveva guardata senza parlare, sprofondato nella bugia che aveva in mente. Una volta fuori casa si era sentito più tranquillo, aveva respirato l'aria stranamente tiepida. Il farmacista stava aprendo in quell'istante.

«Si va presto al lavoro», disse.

Il dottore si fermò, salutò.

«Hai sempre più bisogno di un ricostituente.»

Avrebbe voluto occhiali neri per nascondere il gonfiore sotto gli occhi, le ombre scure delle palpebre.

«Preparamelo», rispose cercando di sorridere.

«Va' in pensione», disse il farmacista.

Ritto sulla porta della farmacia, dall'alto dei tre scalini che portavano all'ingresso, sembrava ancora più imponente. Il Lonati avvertì che sarebbe passato da lui più tardi, salutò, riprese la strada dell'ambulatorio. Entrò e chiuse a chiave. Sedette alla scrivania. Il pensiero delle ore, dei mesi, degli anni trascorsi dentro quel locale gli attraversò la mente. Lo inseguì per qualche minuto. Poi prese il telefono, fece il numero della Trattoria dell'Oria. Era presto, lo sapeva, poteva anche non esserci nessuno. Il telefono infatti suonava, nessuno rispondeva. Alla fine, quando ormai aveva perso la speranza, qualcuno rispose.

Non qualcuno, lui, l'oste. La sua voce fangosa di fumo, vino, volgarità.

«Cosa c'è?»

Il dottore lo immaginò come l'aveva visto la sera prima, vestito tale e quale, come se avesse dormito così, magari appoggiato al bancone.

«La chiamo dall'ospedale di Bellano», disse il Lonati.

«E allora?» chiese l'oste.

«Gli esami di sua figlia sono pronti.»

«Mia figlia non c'è, è fuori.»

Una figlia c'era, pensò il dottore. E l'oste stava girando intorno all'esca, stava per abboccare.

«È necessario che parli con lei», spiegò.

«C'è qualcosa che non va?» chiese l'oste.

La sua voce si stava incrinando. Al Lonati sembrò di vedere la vernice della sua rozza sicurezza colare una goccia dopo l'altra.

«Sua figlia non le ha detto niente?»

Era un gioco crudele, il Lonati lo sapeva, stava togliendo la terra sotto ai piedi dell'oste.

«No», fece quello.

«In ogni caso è assolutamente necessario che le parli», affondò il Lonati.

«È via... fuori...»

L'oste quasi balbettava. Disse che s'era presa qualche giorno di vacanza.

Il Lonati lasciò correre un minuto buono di silenzio.

«Non è possibile raggiungerla almeno telefonicamente?» chiese infine.

«Ma c'è qualcosa di grave?» chiese l'oste.

«Prima di esprimere un parere ne dovrei parlare con lei. Farle alcune domande tecniche.»

«Ci sarebbe...» disse l'oste.

Forse l'oste stava sudando, forse gli tremavano le mani.

Di certo la voce non era più quella di un uomo rozzo, sicuro di sé.

C'era la possibilità di raggiungerla per telefono.

«Sarebbe importante, nell'interesse di sua figlia naturalmente.»

Il Lonati aveva una matita in mano. Non la usò. Conosceva già il numero che l'oste gli stava dettando.

2.

Subito dopo chiamò Laura Galimberti. Ormai s'era fatto un'idea abbastanza precisa di quello che era accaduto.

Lo disse alla ragazza.

Non aveva prove, però...

La ragazza lo ascoltava senza fare commenti. Non fosse stato per una musica a basso volume che il Lonati percepiva, avrebbe potuto credere che all'altro capo del telefono non ci fosse nessuno.

«Però?» chiese Laura.

«Però possiamo trovarle», rispose lui.

Aveva pensato a come fare.

«Il farmacista può aiutarci», disse il dottore.

Solo lui. Era l'unico in grado di farlo.

«Come?» chiese Laura.

La musica finì. Il Lonati glielo spiegò.

3.

L'amante di Luciano era la figlia dell'oste? Era quella la donna che era comparsa nella sua vita e che aveva provocato la vendetta di Claudia?

Bastava togliere il punto interrogativo, poi tutto quadrava.

Il Lonati l'aveva tolto e aveva cominciato a darsi risposte, a ricostruire le varie tappe della vicenda. A cominciare da quella sera alla Trattoria dell'Oria. Non era stata la prima volta che Luciano ci andava. L'ultima, piuttosto. Ed era stata una sera abbastanza diversa dalle altre. Probabilmente quella sera Luciano aveva preso la sua decisione, aveva scelto di smettere coi tentennamenti. Forse, addirittura, il vento forte, la pioggia violenta, quell'insieme di suggestioni malvagie lo avevano aiutato a rompere gli indugi. Forse gli era venuta in mente quella gita che avevano fatto loro due, tanti anni prima: l'immagine notturna di un mare placido, il profumo degli olivi e delle ginestre che li aveva incantati. Aveva deciso che non era più il caso di aspettare, che l'ora di cominciare una nuova vita era scattata. E Bordighera, il mare, gli orizzonti a perdita d'occhio sarebbero stati un buon rifugio. Forse non era stato così lirico, non era nel suo carattere. Lei comunque era partita, lui l'avrebbe raggiunta. Non prima, però, di tornare a casa e dirlo a Claudia.

Claudia però sapeva, e sospettava, da tempo. E da tempo probabilmente si preparava al peggio. Cosa fosse successo in casa, quella sera, il dottore poteva solo immaginarlo. Ma non c'era stata la possibilità di discutere: quando era entrato Luciano stava già male. Claudia non aveva perso tempo, era pronta, aveva usato le pillole finte, gli zuccherini, aveva guardato suo marito che moriva col cuore che si stava spaccando. Mentre quella, l'altra, aspettava. Aveva aspettato sino a quando qualcuno, l'oste probabilmente, l'aveva informata della morte del notaio. Una morte incredibilmente puntuale. Non aveva creduto al destino che le portava via una vita appena abbozzata e già finita. Aveva deciso di non tacere, di fare qualcosa. Certo non poteva saltar fuori a dire che lei era l'amante del notaio, che avevano appena deciso di vivere assieme e tutto il resto. Nessuno le avrebbe dato retta, l'avrebbero presa per scema, o peggio. Aveva dovuto procurarsi un complice, uno che indagasse al posto suo.

Lui, il dottore.

Senz'altro Luciano le aveva parlato di lui. Magari nel corso di uno dei loro incontri, magari a letto, dopo l'amore, quando viene il tempo delle confidenze e si parla di tutto quello che passa per la testa. Le aveva raccontato delle loro gite e delle cene? Forse. Lui era l'anello di congiunzione tra Luciano e la verità circa la sua morte. Non aveva trovato niente di meglio che lanciare segnali. Un metodo rischioso, c'era la possibilità che lui non se ne accorgesse, che non li prendesse sul serio. Ma non era andata così. Anzi. L'inquietudine di quei messaggi, di quella scritta sul manifesto funebre, delle lunghe telefonate mute, gli aveva impedito di trascurare anche il minimo particolare. Così anche le orme sulla moquette, l'odore di fritto, segni ridicoli, erano diventati prove contro chi aveva voluto lasciar morire Luciano.

L'amante di Luciano voleva vendicarsi di chi le aveva fatto perdere tutto nel momento in cui stava per avere tutto. E lui l'aveva aiutata nella vendetta. Se non s'era esposta direttamente con lui, ragionava il dottore, era per una sola ragione: per il timore che anche lui fosse complice di Claudia, d'accordo con lei.

Tutto quadrava, aveva detto il Lonati a Laura dopo averle esposto la sua teoria.

E solo il farmacista poteva aiutarli a far sì che non restasse tale.

«Come?» aveva chiesto lei.

4.

Il vento si era afflosciato. Era lui, adesso, ad avere bisogno di un ricostituente, pensò il Lonati. Era sulla soglia della farmacia. Aveva appena parlato col farmacista. Gli aveva confessato tutto. Alla fine gli aveva detto che la sua relazione sulla pillola era la chiave di volta, fondamentale.

«A disposizione», aveva detto lui.

«Te ne sono grato.»

Poi si era avviato verso l'uscita e s'era fermato a guardare il panorama. Il farmacista l'aveva seguito.

Un pomeriggio chiaro, limpido, fresco. Sul lago piatto sei cigni, usciti dai loro rifugi dopo la tempesta, due vecchi e quattro giovani ancora grigi nella piuma, si muovevano in cerchio poco lontano dalla riva. A volte novembre regalava giornate del genere, si faceva perdonare vento, umidità, ogni cattivo pensiero. Ogni cosa splendeva.

Anche la verità, pensò il dottore. Non lo disse.

«Farai tardi», disse, alle sue spalle, il farmacista.

«Giornate così capitano di rado», disse lui.

La luce era violenta, sembrava reclamasse qualcosa, la soluzione di un debito.

«È un peccato chiudersi in una stanza», disse il Lonati.

O in una bara, pensò.

«Già», fece il farmacista.

Era un vero peccato ma non si poteva fare altrimenti. Il dottore si avviò, la sua ombra si allungò sull'acciottolato.

«Va', va'», scherzò il farmacista, «vai a sanare l'umanità!»

Il Lonati sorrise. Pensò al farmacista che domava leoni. Si girò.

«Quel ricostituente...» disse.

«Te lo preparo?»

«...dallo al vento che ne ha bisogno.»

Il farmacista sorrise.

«Spiritoso», disse.

La sala d'aspetto era semivuota. Quando a sera il dottore uscì l'aria era fredda, le ombre dure, tagliate di netto nella luce metallica. Non c'era più vento ma, il Lonati non sapeva come dirlo, c'era ancora. Ne intuiva il profilo di cane sbandato dietro un angolo, pronto ad abbaiare, a mangiare qualunque cosa.

5.

Il silenzio di Elsa pesava nell'aria. L'anticamera di certi pensieri. Le sue parole banali – hai fame, ne vuoi ancora, sei stanco – un modo per accompagnare l'ultima luce della sera verso il buio della notte. Non accesero la televisione quella sera. Lei badò a riordinare la cucina, lui stette una mezz'ora sulla poltrona, in sala. La precedette in camera da letto. La sentì sdraiarsi accanto a lui, al buio. Sapeva che anche lei, come lui, stava con gli occhi aperti. Immobili, come morti vivi.

«Hai un'altra donna», disse Elsa. Il tono della voce era il suo, né arrabbiato né commosso. La voce di Elsa.

Il dottore sorrise senza far rumore. Immaginò i suoi denti illuminati da un fascio di luce. L'immagine era macabra, un morto che ride. Le prese la mano.

«Tesoro», disse.

Gliela strinse.

Si addormentarono.

Al risveglio, sotto un cielo grigio che sembrava voler penetrare nella cucina, il dottore si stava spiegando.

«Pochi giorni ancora e saprai ogni cosa», stava dicendo.

Quando squillò il telefono.

6.

Elsa era come una delle ultime foglie di quell'autunno, il dottore l'aveva sognata così. Al telefono rispose lui. Era Laura Galimberti. Claudia l'aveva appena chiamata per avvisarla che l'indomani sarebbe tornata a casa.

«Con quella», disse Laura. L'altra. E volevano parlare con lui. L'avevano incaricata di fissare un incontro.

«Adesso ho paura», disse Laura.

Si sentiva, pensò il dottore. La sua voce sembrava regredita.

«Stai tranquilla.»

«Mi aiuti. Cosa vogliono?»

«Non lo so», disse il dottore. «Ma in ogni caso tu devi stare tranquilla.»

«Mi hanno detto di riferirle che ci sono parecchie cose che lei non sa riguardo a tutta la storia di mio padre.»

«Di' a tua madre che se le va bene sarò a casa vostra domani sera, verso le sette e un quarto», disse il dottore.

Poi le raccomandò di non preoccuparsi, non avrebbe potuto succederle niente di male. Le disse di pensare che erano vicini alla verità.

Dopo aver riappeso il Lonati restò per un poco fermo, accanto al telefono. Tornando verso la camera da letto cercò di riprendere quel pensiero, quell'immagine fatta in sogno, di Elsa come una delle ultime foglie di quell'autunno.

Dodici novembre

1.

Probabilmente il farmacista gli aveva dato retta e aveva somministrato il famoso ricostituente al vento. Il Lonati era uscito per fare un paio di visite. Piccole nuvole, alte, cambiavano rapidamente forma. Il dottore ne cercò una a forma di cane. Non ne vide. Polvere di neve si alzava dalla cima della montagna di fronte. L'aria pungeva. Elsa l'aveva pregato di indossare il cappotto anziché il solito impermeabile. Aveva ceduto per non darle altri pensieri. Sua moglie gli faceva un'immensa pena in quei giorni, non vedeva l'ora che tutto finisse per raccontarle ogni cosa. Col cappotto si sentiva goffo, gli sembrava di essere in maschera. Fece le due visite nelle case del vecchio nucleo. Case fredde, piccole, disordinate, odorose di minestra. Panni stesi sul filo di ferro tirato nelle cucine. Prolungò il giro anche se non aveva più visite. Passeggiò sul lungolago cercando tra le foglie residue dei platani quella che assomigliasse di più a sua moglie. Ne vide una staccarsi, planare nel lago. Aspettava impaziente che arrivasse sera per incontrare Claudia, l'altra, chiarire la faccenda. Poi avrebbe fatto le sue mosse, presa una decisione. Ripassò tutta la vicenda così come l'aveva ricostruita. Non faceva una piega. Ma bastava un niente, un punto interrogativo, a farla crollare. Da giorni non faceva altro che rincorrere quei pensieri. Si sentì stremato. Da loro, dal vento, dal cane immaginario che lo stava aspettando dietro un angolo. Dall'idea di quel punto interrogativo che aveva tolto forse troppo sbrigativamente ai suoi dubbi. Si avviò verso casa, erano le dieci della mattina. Sapeva che Elsa stava facendo le pulizie, che non gli avrebbe fatto domande, che tutt'al più gli avrebbe chiesto cosa volesse per pranzo, che le stanze dell'appartamento erano invase da quella luce che a Luciano era ormai negata.

2.

Non fu un pezzo di pane che gli era andato per traverso. Elsa l'aveva visto impallidire, gli aveva chiesto se si sentisse male. Il dottore disse no, era solo un pezzo di pane che si era bloccato nell'esofago. Invece era una crisi di angina. La sentì ramificarsi lungo il braccio e il collo. Si alzò, andò verso la finestra, girò le spalle a Elsa, guardò fuori. Se il dolore aveva una forma, era un ragno. Il telefono suonò. Un suono più acuto del solito, pensò il dottore, forse perché l'aria era più limpida. Come si potessero avere pensieri del genere nonostante il dolore era un mistero.

«Rispondo io», disse.

Elsa lo guardò, gli vide la fronte lustra di sudore.

«Non lo sopporto più», disse.

Il ragno si stava accontentando, si era acquattato sotto lo sterno, ritirava le zampe. Ma aveva un corpo nero, una croce disegnata sulla schiena.

Disse: «Pronto», e non ci fu risposta.

Il dolore si abbassò, fu alla bocca dello stomaco. Il Lonati deglutì in sincrono col primo gettone che scivolava nell'altro apparecchio. Il dottore emise una bolla d'aria, il dolore scomparve, il ragno si afflosciò e sparì.

Un altro gettone, poi un altro ancora. Il Lonati aveva staccato il ricevitore dall'orecchio. Elsa era comparsa nel corridoio, lo guardava. Anche lui la guardò. Stava pensando che non aveva capito niente. Non poteva essere l'altra a chiamarlo. L'altra, quella che lui aveva pensato essere l'altra, era in macchina o in treno con Claudia. Si rese conto che non poteva spiegare niente a Elsa. Il telefono stava dando il segnale di occupato, avevano riattaccato. Riattaccò anche lui. Elsa era tornata in cucina. Ruppe il silenzio col rumore dei piatti, sparecchiando. Il dottore andò in sala, si mise in poltrona. Rimuginava sul punto interrogativo che aveva cancellato. Pensò all'appuntamento della sera. Forse era meglio prepararsi, forse era meglio cominciare a temerlo un po'. Elsa poteva essergli d'aiuto, una delle poche foglie d'autunno che stavano ancora attaccate ai platani.

4.

Il farmacista fischiò. Disse: «Quanti misteri!».

Poi, ridendo, gli chiese se doveva presentarsi armato.

Il Lonati aveva appena terminato di spiegargli che, qualora Elsa l'avesse chiamato, doveva fargli la cortesia di andarlo a cercare a casa Galimberti.

«Allora, armato sì o no?» insisté sempre ridendo.

«Può darsi», rispose il dottore.

«Non ti faccio altre domande perché so che tanto non mi risponderesti», disse il farmacista.

«Ogni cosa a suo tempo», lo zittì il dottore.

Era in ritardo, come raramente gli capitava. Prima di entrare in ambulatorio si fermò a guardare il panorama, la luce di un sole quasi bianco, l'immobile linea del lago, il silenzio e il buio della sua profondità. In sala d'attesa il solito brusio e molte facce note.

5.

Alle quattro del pomeriggio era già sera. Il dottore accese la lampada sulla scrivania. L'andirivieni dei suoi clienti era continuo, monotono. Li aveva ascoltati pensando all'appuntamento che lo aspettava. Alle cinque udì i rintocchi del campanile, l'ora della messa. Sapeva che avrebbe avuto una mezz'ora di pace. L'avrebbe voluta impiegare per pensare a quello che sarebbe accaduto ma non ce la fece. Non riusciva a formarsi un'idea, a fermare un pensiero. Restò lì a guardare il cielo, le sfumature di grigio che andavano verso il nero, aspettando le cinque e mezza, la fine della messa, quando la sala d'attesa si sarebbe rianimata.

Alle sette aveva finito. Ebbe la tentazione di telefonare a Elsa ma rinunciò. Perché non avrebbe saputo cosa dirle, si sarebbe limitato ad ascoltare la sua voce, il suo «pronto!» ripetuto, tormentato. L'avrebbe solo spaventata. Chiuse, uscì. Il farmacista sbuffò.

«Bel lavoro oggi, eh?» disse.

«Colpa della stagione», rispose il Lonati.

«Altre istruzioni?» chiese il farmacista.

«No.»

«Bene.»

«Siamo intesi», disse il dottore.

Il farmacista si stiracchiò.

«Non preoccuparti.»

Il Lonati uscì.

Fuori c'era ormai la notte. Luminosa, profumata. Luci nel cielo e sulla sponda opposta, fumi di camini come nuvole che scomparivano rapidamente nel buio.

6.

Imboccò il lungolago. Allacciò bene il cappotto. Faceva freddo. Pensò al suo cuore, al ragno che si nascondeva in uno dei due ventricoli, che camminava su e giù e che ogni tanto allungava le zampe per stiracchiarsi, come aveva fatto il farmacista poco prima. Cercò nelle tasche della giacca, inutilmente, come al solito aveva lasciato da qualche parte le pillole. Sollevò il bavero del cappotto. Fosse stato brutto tempo sarebbe andato direttamente da Claudia. Invece la Svizzera aveva sbagliato previsione. Dieci minuti in più o in meno non avrebbero fatto differenza. Camminò col pensiero del cielo profondo e del lago immobile. Nell'aria percepiva qualcosa di sospeso, quasi un sentimento. Forse era lui che dava a quella sera la suggestione dei suoi pensieri. O forse la Svizzera non aveva sbagliato e si stava preparando altro vento, oppure neve.

Dopo il lungolago, i giardini. Solitaria, poco prima del circolo vela, c'era una cabina telefonica. Si avvicinò, si fermò. Chi gli aveva telefonato quel pomeriggio? Chi, se Claudia e l'altra erano in viaggio?

Riprese a camminare. Ormai aveva rinviato abbastanza. Oltrepassò il fiume, raggiunse il palazzo dei Galimberti, salì le scale, lentamente, memore dell'attacco di angina che l'aveva colto poche ore prima. Sulle scale venne accolto da un silenzio profumato da odori di cucina, i due elementi che l'avevano spinto a indagare. Il silenzio e l'odore. Suonò alla porta, Laura gli aprì immediatamente, come se fosse stata lì dietro ad aspettarlo fino a quel momento.

Il dottore la guardò, vide il ragno, nero, appallottolato su sé stesso. Capì che era successo qualcosa.

«C'è stato un cambiamento di programma», disse infatti Laura.

Indossava anche lei il cappotto, pronta a uscire. Il Lonati non si mosse dalla soglia. Dall'appartamento veniva un'aria fredda, come se avessero lasciato aperte le finestre.

«Vale a dire?» chiese.

«Non sono venute qui», rispose la ragazza.

«Perché?»

Sapeva che non le avrebbe risposto.

«Non lo so.»

Poteva andar via, piantare lì tutto, e il ragno se ne sarebbe stato tranquillo.

«Dove sono?» chiese.

«Da quella. A Dongo.»

Era ancora in tempo, salutare la ragazza, dirle che aveva ragione, non ne valeva la pena.

«Non so cosa fare», disse però Laura.

L'aveva tenuta in braccio, pensò lui. La vide così com'era. Sola, in quella casa fredda. Forse in pericolo.

«Dobbiamo andare», disse.

Se i ragni ridono, il suo lo fece: una risata gialla, viscida.

«Ho paura», disse Laura, «come il presentimento di qualcosa...»

«Sciocchezze», disse il dottore. «In ogni caso posso anche andarci da solo.»

Laura scosse la testa.

«No, ti accompagno», disse ritrovando il tu.

«Prendiamo la macchina di mio padre», aggiunse. «Faremo prima.»

Il Lonati si girò e si avviò. Pensava a una tazza di caffellatte che una sera, anni prima, aveva chiesto a Elsa per cena e lei, ridendo, gliela aveva preparata domandandogli se per caso non stesse tornando bambino.

7.

«Ciao, dottore.»

Laura s'era offerta di guidare e lui non s'era opposto. Non s'erano detti più niente. Il paese era ormai alle spalle. La ragazza guidava sicura, forse un po' troppo. La strada a tratti era ancora bagnata. Il dottore aveva aperto la bocca per dirle qualcosa, di rallentare, di stare calma, di non avere paura. Cose così. La voce lo colpì alle spalle.

«Ciao, dottore.»

Sentì l'alito caldo sulla nuca. Prima ancora delle parole ne percepì il tono. E nel tono c'era una sorta di rimpianto o di addio. Qualcosa di definitivo. Poi sentì le parole, le associò al tono. Il ragno si risvegliò, quella foglia si staccò dal platano. Riconobbe la voce. Era in trappola. Adesso stava per conoscere la verità. La strada correva rapida sotto i suoi occhi. Laura guidava sempre più veloce, affrontava le curve con una sicurezza disarmante. Lui fece per girarsi.

«Fermo così», disse la voce. «Fermo così un solo istante.»

Sentì pungere sul collo, all'altezza della settima vertebra cervicale. Poi un bruciore lieve, la sensazione di un gonfiore nel punto dell'iniezione. Non c'erano gallerie in quel tratto di strada eppure al dottore parve che il lago fosse scomparso, che il cielo non ci fosse più. Incrociarono una macchina che da una pozza spruzzò acqua su di loro. Laura azionò il tergicristallo.

«Mi dispiace», disse il farmacista.

Le spazzole vecchie, usurate del tergicristallo erano rumorose. Il dottore si portò una mano sul collo. Nel punto dell'iniezione la pelle era calda, si stava gonfiando. Si girò. Guardò in faccia il farmacista. Metà del suo volto era nel buio. L'altra metà era deformata dal solito mezzo sorriso. Sembrava Mangiafuoco, pensò il dottore.

«A te non avevo proprio pensato», disse.

Laura guardava fissa in avanti, senza staccare gli occhi dalla strada. Il tergicristallo continuava a stridere sul parabrezza. Il dottore aveva la sensazione che il collo intero si stesse gonfiando.

«Cos'era?» chiese.

«Ferma quell'affare», ordinò il farmacista.

Laura obbedì, il tergicristallo tacque.

«Allora?» insisté il Lonati.

«È una mia ricettina», disse il farmacista. «Come le pilloline.»

Non proprio un ricostituente, aggiunse.

Dopamina, disse poi. Con l'aggiunta di una spezia, tanto per dargli sapore.

«Cioè?» chiese il dottore.

«Nerfalina», rispose il farmacista.

Il Lonati aveva pensato a un sedativo. Guardò Laura.

«Sai cosa mi può succedere?» disse.

Laura non rispose. Glielo disse lo stesso. Le spiegò che quella miscela di farmaci avrebbe potuto fargli aumentare pericolosamente la pressione. Laura stringeva le labbra, guidava, stava zitta.

«Potrebbe succedere anche qualcosa di peggio», disse il farmacista.

Entrarono in Colico, l'ultimo paese prima di passare sull'altra sponda. Riprese a piovere. Il tergicristallo ricominciò a stridere sul parabrezza. Il dottore intravide un orologio, erano le otto e cinque. Entro un'ora al massimo Elsa avrebbe chiamato in farmacia. Nessuno le avrebbe risposto. Chissà cosa avrebbe fatto. Si sarebbe disperata, avrebbe chiamato e richiamato. Oppure si sarebbe insospettita, avrebbe agito, fatto qualcosa. Era la sua unica, ultima speranza. La foglia attaccata all'albero. Cominciò ad avvertire i primi segni del dolore, la pesantezza alla bocca dello stomaco, il ragno che si risvegliava e si arrampicava lungo le pareti del suo cuore. Vide il giorno del battesimo di Laura Galimberti, la festa in un pomeriggio caldo e luminoso, la terrazza del ristorante, le donne con incredibili permanenti.

«Comincio a star male», disse.

Dongo era ancora lontana. Laura scalò una marcia, accelerò, la macchina fece quasi un salto in avanti.

«Non gliel'hai fatta un po' troppo presto?» disse.

Era come se non l'avesse mai sentita parlare, il dottore non ne riconobbe la voce.

Il farmacista sbuffò, il suo alito caldo di cognac gli sfiorò la nuca.

«Ero stufo di stare nascosto qui dietro.»

Stretto, oltre a tutto, scomodo. Sì, forse avrebbe dovuto aspettare ancora qualche minuto. Ma ormai era fatta.

«Tu pensa a guidare, senza distrarti», disse.

La pioggia picchiava sul parabrezza. La fronte del dottore era lucida di sudore. Si appoggiò allo schienale, lasciò cadere la testa, tentò di respirare a fondo senza riuscirci. Con una mano si frugò nelle tasche della giacca. Il farmacista capì cosa cercava.

«Non ti sei mai ricordato di portartele appresso», ghignò.

Aveva il respiro corto, superficiale. Gli sembrava che le luci dei lampioni lasciassero dietro di loro una scia nel buio.

«Adesso ho il diritto di sapere», disse staccando le parole una dall'altra.

Il farmacista sospirò.

«Risparmia il fiato», disse. «Il diritto di sapere non l'hai mai avuto», aggiunse.

Avevano cercato un sacco di volte di farglielo entrare in testa.

«Non ne vale la pena, ricordi?»

Laura strinse le mani sul volante.

«Adesso ce l'ha», disse.

Ancora una volta il dottore non riconobbe la voce. Fece per dirglielo ma una prima fitta lo trapassò. Se i ragni avevano unghie, il suo gliene aveva piantata una nel cuore.

«Mi verrà un infarto», disse.

Per la prima volta gli tremò la voce. Stavano lasciandosi alle spalle il ponte del Passo.

«Dove stiamo andando?» chiese.

Talmente debole che nessuno capì.

«Raccontagliela tu la storia, se ci tieni che la sappia», disse il farmacista.

Laura schiacciò ancora di più sull'acceleratore.

«Ma sbrigati», la incalzò.

8.

Bisognava partire da quella dell'Oria, disse Laura. Clara. Suo padre l'aveva conosciuta un paio di anni prima per motivi di lavoro. Da allora avevano cominciato a frequentarsi, era diventata la sua amante. Un'amante ufficiale, col beneplacito di Claudia.

Claudia Galimberti non aveva dovuto fare indagini per scoprire la tresca. Era stato Luciano a rivelarle la cosa, l'aveva messa di fronte al fatto compiuto. Una sera, davanti al resto della famiglia, prendere o lasciare. Claudia sapeva fare i conti, aveva accettato il compromesso. L'aveva addirittura conosciuta, s'erano frequentate. Erano diventate amiche.

Dal torace del dottore uscì un respiro pesante, rumoroso.

Laura sospese il racconto.

Il farmacista tossì.

«Va' avanti», disse. «Sbrigati.»

«Sto morendo?» chiese il Lonati.

Sapeva bene che era così.

«Non ancora», rispose il farmacista. «Però tu sbrigati», disse ancora rivolto alla ragazza.

«Solo dopo è arrivata quell'altra», riprese Laura.

La terza donna del gioco di Luciano. Quella delle telefonate, quella che non parlava. Quella dei manifesti, «dopo lunga e penosa malattia».

«Chi è?» mormorò il Lonati.

«Qui sta il bello», disse Laura, lugubre.
«Non lo sappiamo», disse il farmacista.
La strada era lucida di pioggia. L'acqua picchiava con violenza sul parabrezza. Uno dopo l'altro sfilavano paesi deserti. Poche finestre illuminate nelle case, come se i proprietari avessero dimenticato di spegnere la luce.
«Speravamo che lo scoprissi tu», disse Laura.
«Ficcavi il naso qua e là, ignoravi i nostri consigli di lasciar perdere. Così a un certo punto abbiamo pensato che fossi il cane giusto per scovarla», disse il farmacista.
«Invece no», disse Laura.
Il dottore pensò al suo cuore. Non vide più il ragno. Vide una palla rossa, gonfia. Immaginò una musica che cominciava a stridere.
Claudia l'aveva affrontato senza mezze misure. Luciano aveva negato. Poi, di fronte all'evidenza non aveva voluto dire chi fosse. Claudia l'aveva giudicato un brutto segno. Luciano s'era forse innamorato, lei era disposta a tollerare un'altra donna nella vita di suo marito, non un altro amore. Luciano aveva cominciato a trafficare con i soldi. Per uno come lui, introdotto negli ambienti più disparati, banche e contrabbandieri, non c'era niente di più facile. La Svizzera è a due passi.
Quando Claudia ebbe la certezza che Luciano stava trasferendo oltre frontiera parte delle loro sostanze capì che era arrivato il momento di fare qualcosa.
Una sola cosa.
Ne aveva parlato anche con l'altra, quella dell'Oria. S'erano trovate d'accordo. Dovevano studiare il momento giusto per passare all'azione, aspettarlo.
Era arrivato, quella sera.
Quella sera Luciano era andato alla Trattoria dell'Oria. Era l'ultima volta, nelle sue intenzioni. Era stata davvero l'ultima, anche se non era così che lui l'aveva intesa. Aveva pronto un bel discorsetto di liquidazione per Clara, condito da un bell'assegno. Clara aveva recitato la

commedia della donna di mondo. Prima o poi tutto finisce. Avevano cenato assieme, come tante altre sere. Il notaio aveva mangiato, bevuto, ballato. Tanto, forse troppo. Era euforico, al punto che aveva preteso di pagare il conto di quell'ultima cena. Vedeva una nuova vita davanti a sé. Uscendo per tornare a casa aveva avuto un'avvisaglia del dolore. Clara l'aveva lasciato partire e poi aveva chiamato Claudia. Poteva anche succedere che morisse lungo la strada. Così tutto si sarebbe risolto spontaneamente, ogni cosa al suo posto.

Invece era riuscito a raggiungere casa. Era entrato pallido, stravolto, sofferente. Claudia lo stava aspettando.

«Io e Marco eravamo a letto», disse Laura.

Era stata Claudia, non lei, ad aiutarlo a sdraiarsi sul letto. Poi gli aveva dato le pillole.

«Gli zuccherini», disse il farmacista. «Ti ricordi?»

Bastava una bugia, pensò il Lonati con il cuore stretto da una mano guantata di viola, un'altra.

«Potevi mentirmi», soffiò.

«Ormai...» disse il farmacista.

Ormai era diventato il loro cane, non volevano più perderlo di vista, doveva condurli alla verità. E dirgli che quelle pillole erano zuccherini era stato un ulteriore incentivo per spronarlo alla caccia, a non mollare.

Il cartello stradale che annunciava Dongo apparve e scomparve in un istante. Un dito dopo l'altro, dal guanto viola usciva una mano dalle dita nodose e le unghie rosicchiate.

«Non potevate lasciarlo morire così?» disse il dottore.

Perché chiamarlo, quella notte?

«Siamo quasi arrivati», disse il farmacista.

«Sbrigati», aggiunse. Mancava ancora un pezzo alla storia.

«Sono stata io, ricordi?» disse Laura. Perché allora non sapeva ancora niente di tutta la storia. Solo dopo Claudia l'aveva messa al corrente.

«La sera prima che andassimo a cena all'Oria.»

L'aveva messa davanti alla necessità di scegliere da che parte stare.

Il viso del Lonati si storpiò in un brutto sorriso.

«Hai scelto la complicità in un omicidio», disse.

«Che tu hai firmato come una morte naturale», precisò il farmacista.

9.

Elsa aspettava le nove, come da ordini. Mancavano venti minuti. Le prime gocce di pioggia, spinte dal vento, cominciarono a picchiare sui vetri delle finestre. Non voleva voci o rumori in quell'attesa. Radio e televisione erano spenti. Anche dagli altri appartamenti non giungevano suoni. Ogni tanto passava una macchina, sembrava scivolare sulla strada. Non aveva pensieri. Guardò l'orologio. Mancava un quarto d'ora.

10.

Mancava un quarto d'ora quando Laura vide l'insegna della Trattoria dell'Oria e la macchina ebbe un sobbalzo. Scartò di lato. Laura diede una sterzata violenta per tenerla in strada.

«Cosa c'è?» chiese il farmacista.

Laura scalò un paio di marce, rallentò.

«Non lo so.»

Il farmacista imprecò. «Facciamola finita in fretta», disse.

Non c'era più tanto tempo, la mano stringeva. Doveva strizzare quel cuore testardo. Ma non lì, in macchina: in trattoria. Un bell'infarto in trattoria, nel corso di una cena abbondante.

«Consumata insieme con la tua amante.»

Il dottore aveva appoggiato la testa allo schienale, l'aveva lasciata cadere di lato. Vedeva i profili delle montagne, uguali a quella sera, aguzzi, cattivi, spietati.

E la povera Elsa avrebbe pianto un marito tardivamente infedele che, nonostante le cattive condizioni del suo cuore, s'era messo in testa di darsi alla bella vita.

Il muso della macchina sembrava pendere in avanti. Sobbalzò nuovamente, prese una buca con un rumore sordo.

«Devo aver bucato», disse Laura.

Non mancava molto alla svolta per imboccare la strada che portava alla trattoria.

«Cristo!» imprecò il farmacista.

Il Lonati non capiva se ci fossero nuvole a mezza montagna o se fosse la sua vista che stava cominciando ad appannarsi.

«Non riesco a tenere la macchina», disse Laura.

«Va' avanti!» disse il farmacista.

«È impossibile», ribatté Laura.

Impossibile lì, sull'asfalto. Ancora di più lo sarebbe stato sulla strada sterrata che andava verso la trattoria, un fango unico con quella pioggia.

«E allora portiamolo a piedi prima che crepi qui», gridò il farmacista.

Le luci della Trattoria dell'Oria erano velate, giallastre.

Laura frenò, spense il motore. Il farmacista scese, controllò le gomme. L'anteriore destra era afflosciata, il cerchione ammaccato. Imprecò nuovamente, fece segno a Laura di scendere.

«In fretta!» disse.

Il dottore faticava a tenere gli occhi aperti. Non era tanto il dolore, piuttosto il peso, quella morsa che gli stringeva il torace e gli impediva di respirare a fondo. L'aria fresca che entrò nell'auto gli diede un momentaneo istante di lucidità. Meditò di incamerare quanta più aria gli riuscisse di fare e poi lasciarla uscire in un grido d'aiuto.

«Forza», stava dicendo il farmacista, accingendosi ad aprire la portiera per farlo scendere.

11.

Fu Laura a vederla per prima.

Una luce blu, lampeggiante. Si avvicinava a velocità moderata. La guardò per un tempo che le sembrò lunghissimo. Ascoltò il rumore del motore che decelerava. Poi la vide anche il farmacista. L'auto si fermò docilmente, dietro la loro. Scese un uomo in divisa, salutò portandosi la mano al berretto. Il Lonati vide alcune gocce di pioggia cadere e scivolare sulla visiera. Ne vide il viso sorridente.

«Serve aiuto?» chiese.

L'aria che il dottore aveva nei polmoni divenne quel grido. Dalla sua bocca uscì una nuvoletta di vapore. Al Lonati sembrò che assumesse l'aspetto di un ragno.

Erano le nove.

Elsa stava componendo il numero della farmacia. Un piccolo ragno stava attraversando la parete, la donna lo guardò dirigersi in un angolo.

Andrea Vitali

UNA FINESTRA VISTALAGO

Di Arrigoni Giuseppe ce ne sono tanti a Bellano, un paese del lago di Como. Impossibile conoscerli tutti. Anche nella vita di Eraldo Bonomi, operaio tessile del locale cotonificio, ce ne sono troppi. E sarà proprio un Arrigoni Giuseppe a segnare il suo destino, dove brillano l'amore per la bella Elena e la militanza politica nel PSIUP. Il colpo di fulmine per Elena fa del Bonomi un uomo pericoloso, che sfiora segreti, scopre altarini, esuma scheletri sapientemente nascosti negli armadi di una provincia che sembra monotona, in quei paesi dove l'omonimia può essere fonte di equivoci ma anche, a volte, il viatico verso la libertà.

Andrea Vitali

LA SIGNORINA TECLA MANZI

Siamo negli anni Trenta, all'epoca del fascismo più placido e trionfante. Nella stazione dei Carabinieri di Bellano, sotto gli occhi del carabiniere Locatelli (bergamasco), rivaleggiano il brigadiere Mannu (sardo) e l'appuntato Misfatti (siciliano). Un'anziana signora, «piccola, vestita con un cappotto grigio color topo, una borsetta tenuta con due mani all'altezza dello stomaco», vuole a tutti i costi parlare con il maresciallo Maccadò. La donna – anzi, la signorina Tecla Manzi – è venuta a denunciare un furto improbabile: il quadretto con il Sacro Cuore di Gesù che teneva appeso sopra la testata del letto. Inizia così una strana indagine alla ricerca di un oggetto senza valore, che porta alla luce una trama di fratelli scomparsi e ricomparsi, bancari e usurai, gerarchi fascisti e belle donne, preti e contrabbandieri.

Dal catalogo
Garzanti

Andrea Vitali

LA FIGLIA DEL PODESTÀ

Bellano è in gran subbuglio. Con apposita delibera, Agostino Meccia, l'autorevole podestà della cittadina affacciata sul lago, ha deciso di perseguire un progetto assai moderno e ambizioso: una linea di idrovolanti che collegherà Como, Bellano e Lugano, e darà lustro alla sua amministrazione, attirerà frotte di turisti e farà schiattare d'invidia i comuni limitrofi. Tutto sembra filare liscio, in quel placido e fascistissimo 1931. Anche se c'è un problema: per le casse di un piccolo comune l'investimento sarà enorme, e oltretutto l'idrovolante dovrà essere debitamente collaudato. E poi Renata, la figlia del podestà: fino a ieri era solo una bambina, ora è diventata così strana, non avrà mica qualche nuovo capriccio?

Dal catalogo
Garzanti

Andrea Vitali

OLIVE COMPRESE

Quattro ragazzi di paese, una banda di «imbecilli», sta mettendo a soqquadro l'intera Bellano. Naturalmente finiscono subito nel mirino del maresciallo Ernesto Maccadò, che avverte le famiglie gettandole nel panico. A far da controcanto, la sorella di uno di loro: la piccola, pallida, tenera Filzina, segretaria perfetta che nel tempo libero si dedica alle opere di carità: ma anche lei, come altre eroine di Vitali, finirà per stupirci. Tutto intorno si muove come un coro l'intera cittadina: il prevosto e i carabinieri, il podestà e la sua stranita consorte, la filanda con i suoi dirigenti e gli operai. E la Luigina Piovati, meglio nota come l'Uselànda (ovvero l'ornitologa...); Eufrasia Sofistrà, in grado di leggere il destino suo e quello degli altri; e una vecchina svanita come una nuvoletta, che suona al pianoforte l'*Internazionale* mentre il Duce conquista il suo Impero africano...

Andrea Vitali

IL SEGRETO DI ORTELIA

Qual è il vergognoso segreto che Cirene Selva confida alla figlia Ortelia? In verità c'è più di un segreto dietro la vicenda di Amleto Selva, giovane garzone senza arte né parte, ma molto ambizioso, arrivato in paese nel 1919 al seguito di un sensale di bestiame. Tanto per cominciare c'è il vero motivo del suo matrimonio con Cirene, timida e bruttina ma destinata a ereditare la macellleria del padre. Poi c'è la sua lunga guerra con la bottega rivale, quella del Bereni: una guerra commerciale che dura da decenni, fatta di colpi bassi dai risvolti esilaranti. Soprattutto, c'è la passione del Selva per un'altra carne, un'esuberante vitalità sessuale che nel quieto tran tran paesano genera turbolenze e scandali subito soffocati ma destinati a gettare lunghe ombre sul futuro.

Dal catalogo
Garzanti

Andrea Vitali

LA MODISTA

Nella notte hanno tentato furto in comune, ma la guardia Firmato Bicicli non ha visto nulla. Invece, quando al gruppetto dei curiosi accorsi davanti al municipio s'avvicina Anna Montani, il maresciallo Accadi la vede, eccome: un vestito di cotonina leggera e lì sotto pienezze e avvallamenti da far venire l'acquolina in bocca. Da quel giorno Bicicli avrà un solo pensiero: acciuffare i ladri che l'hanno messo in ridicolo e che continuano a colpire indisturbati. Anche il maresciallo Accadi, da poco comandante della locale stazione dei carabinieri, da quel momento ha un'idea fissa. Ma intorno alla bella modista e al suo segreto ronzano altri mosconi: per primo Romeo Gargassa, che ha fatto i soldi con il mercato nero durante la guerra e ora continua i suoi loschi traffici; e anche il giovane Eugenio Pochezza, erede della benestante signora Eutrice nonché corrispondente locale della «Provincia».

Finito di stampare nel mese di novembre 2008
da Grafica Veneta s.p.a., Trebaseleghe (PD)